AU CIEL

« J'ai encore au fond de mon cœur
Un peu de toi.
C'est comme si tu étais là.
Je sens encore ton souffle.
Je vois encore ton corps
Je mange encore tes lèvres
J'e dis encore je t'aime.
Tu bouges ; tu es là. »

Krys BAUL

« Nous sommes encore des voyageurs, nous sommes en marche... Avance, de peur que, ne comprenant pas, tu ralentisses ta marche... »
(Saint Augustin)

AVANT-PROPOS

Mes enfants, je vous livre ce texte, à vous aussi proches, amis. Ce que je vous livre c'est un peu une lettre d'amour que je rendrais publique. C'est aussi un récit incroyable.

Ce texte s'est imposé à moi. Ni œuvre de mémoire, ni simple récit, ni totalement un retour sur soi, qui n'est pas mon style.

Je l'ai annoncé à droite et à gauche, comme pour m'assurer à moi-même que j'engagerais le chantier ; je l'ai préparé et j'ai réfléchi à ce que je voulais y introduire. J'ai imaginé que je t'adresserais, à toi ma petite femme qui est au ciel maintenant, ces mots, pour te conter aussi certaines choses que tu n'as pas pu voir.

Je redoutais ce mois d'août sans toi. Ce texte, pour l'écrire, tu étais près de moi en permanence. Cette lettre d'amour m'a arraché des larmes, mais quelle importance. J'avance tu vois. Les larmes, l'angoisse, n'interdisent pas l'Espérance. Sans Elle, je ne pourrais pas avancer.

J'ai repris les mots de la petite Thérèse, dans son chant d'aujourd'hui :
« *Sur les flots orageux guide en paix ma nacelle,*
Rien que pour aujourd'hui. »

Je te confie à elle et à Marie si douce. Je nous confie à toi, ma belle.

Krys

© 2017, Kris Baul
Edition : BoD - Books on Demand
12/14 rond-point des Champs Elysées, 75008 Paris
Imprimé par Books on Demand GmbH, Norderstedt, Allemagne
ISBN : 9782322082698
Dépôt légal : septembre 2017

Je te crois guérie. Pourquoi doutes-tu ? Depuis quelques mois ton traitement du cancer est fini. Ton médecin nous a laissé entendre que tu es guérie. Je le crois. Mais tu doutes.

Tu es plus avisée que moi sur les questions médicales et tu dois tirer des conclusions de cette tumeur qu'on a dite « triple négative ». Ce charabia ne dit rien de bon c'est vrai.

Mais je crois que tu es guérie, le médecin l'a dit. Bien sûr tu vas être suivie pour bien vérifier que cela ne va pas repartir. Je mesure l'angoisse que cela produit.

Mais je veux te croire guérie. Tu sais, après le caractère ravageur des soins on peut espérer que cela va s'arrêter. Dans ta chair, tu es meurtrie irrémédiablement, mais cela n'empêche pas la vie et l'amour. Je t'entends : « c'est facile à dire, moi je suis comme une amazone ». Mais tu es ma femme, mon épousée, et cela suffit. On ne s'est pas marié que pour le meilleur.

Comme nous l'avons toujours fait on doit repartir. Je sens que tu conserves des doutes. Je ne veux pas croire qu'après des traitements aussi forts tout cela n'aurait servi à rien. C'est bien assez d'avoir à réparer les effets des rayons, de soigner ta nouvelle chevelure et de contrôler les effets de la chimio sur tes résistances et sur tes poumons. Et je n'oublie pas la kiné pour drainer le système lymphatique, qui a été abimé par l'opération. Tout cela est trop.

Nous devons repartir. Notre vie de couple a morflé aussi ces derniers temps, pourquoi ne pas faire un voyage un peu romantique, dans cette ville joyau qu'est Venise.

Tu hésites, et nous décidons de faire ce voyage au dernier moment : réservation des vols, d'un petit appartement à Castello, réservation d'un bateau au sortir de l'avion pour atteindre la ville par l'eau... Bonheur. Ta joie, ma joie sont parfaites. Nous partons. Pas un nuage durant ce moment privilégié. Castello, l'arsenal, Saint Marc bien sûr, San Gorgio Major, le Guggenheim, Murano... On s'aime et c'est tout. J'ai conservé quelques photos de ces moments là et tu es radieuse.

Tu as juste achevé ton mémoire de fin de formation de conseillère conjugale. Tu as traité un sujet difficile car il te concerne ; il nous concerne. Mais ton approche, d'ailleurs très travaillée, est originale et souligne une thèse peu courante dans le langage commun. « Le couple parental de l'enfant porteur de handicap. Une problématique spécifique ? », voilà le thème. Tu vas montrer que le handicap peut être un facteur amplificateur des problèmes dans le couple, mais qu'il ne résume pas le couple, qui a une histoire et dont les deux parents en ont une aussi. Tu sais que la blessure du handicap peut aussi être dominée, dépassée. On n'est pas toujours d'accord sur tout, mais là j'adhère. J'entrevoie une activité à venir d'aide aux couples concernés. Tu soutiens le mémoire en septembre et ce travail est reconnu.

J'aurais dû te dire plus comme je suis heureux et fier d'un tel travail de ta part. Je ne l'ai pas fait assez, pourtant je le pense et te le dit. Bravo !

Certes tu es encore fatiguée mais après tous ces traitements pénibles et même horribles comment pourrait-il en être autrement, tu vas remonter la pente.

Dessin de Claire Cartier

1 – METASTASES

SE RENDRE A L'EVIDENCE

Un simple suivi pulmonaire, pour une infection, qui n'a pas été bien facile à traiter durant les traitements, te renvoie vers ton pneumologue. Après ce que tu as subi, c'est presque banal.

Mais ce médecin là aussi ne veut rien laisser au hasard et va te faire subir beaucoup d'examens, parfois très invasifs, selon une intuition que l'hôpital jugera par la suite pas très orthodoxe, ce que je veux bien croire, mais qui prend en compte pleinement ton inquiétude latente et ce qui devient l'inquiétude aussi du médecin. On te fait donc des examens improbables pour être sûr de ne rien laisser de côté.

C'est cela qui va révéler qu'en fait des métastases se sont logées dans ton cerveau.

Six mois après la fin du premier traitement ! C'est une très mauvaise nouvelle. Je ne sais pas pour toi, mais je ne perçois pas la portée complète de ce que cela veut dire. Ce qui est sûr c'est que les traitements lourds anti-cancer vont redémarrer.

C'est terrifiant, mais tu ne parais pas terrifiée. Autant tu peux t'inquiéter pour les tiens, autant pour toi tu restes très calme devant ces difficultés renouvelées.

C'est un euphémisme, car ce que tu vas subir est une descente aux enfers, je crois que ce n'est pas trop dire.

Notre couple a décidément une marque qui veut que nous connaissions l'hôpital plus que de raison. Mais pourquoi ? Il n'y a pas de réponse, il faut avancer. Tu l'as dit « la vie c'est ça, on avance ». Oui !

Ce qui arrive est d'une particulière gravité. Les métastases, ça ne va pas au cerveau directement comme cela ! Et en plus les cellules malades ont explosé dans ton cerveau !

Encore à ce moment là je pense qu'on peut toujours te soigner, qu'il y a toujours un protocole, même très nouveau, on ne peut pas laisser ma petite femme comme cela. J'espère des solutions.

C'est que,... - Oui je sais on n'arrête pas de se disputer, on rencontre des difficultés, mais cela fait partie de la vie - je ne veux pas qu'on m'enlève ma femme, mon épousée. Ma vie est fondée sur nous deux.

Tu sais bien que dans un moment comme celui-là on ne peut se résoudre à accepter, on lutte. Tu l'as toujours fait pour les autres, pour tes enfants, tu vas le faire pour toi cette fois.

2 – On t'assomme

POURQUOI T'ASSOMME-T-ON AINSI ?

J'ai confiance dans l'hôpital, qui est spécialisé, de réputation européenne au moins, un médecin référent attentif et professionnel, qui réagit très vite. Déjà pour la première tumeur qui continuait de grossir malgré la chimio, très vite en une semaine la tumeur était enlevée. Là, le protocole se met en place très vite.

Mais dans les soins contre le cancer on utilise des armes qui se rapprochent du gourdin ! La radiothérapie sur tout le cerveau te laisse assommée. Cela te transforme en une femme si fatiguée ; tu te traines, soutenue pour te déplacer. Durant ce traitement, tu es au-delà de la fatigue, dans la confusion, tu es totalement dépendante, tu t'endors partout.

POURQUOI JE LAISSE FAIRE ?

On doit bien s'abandonner aux recommandations des médecins, qui disposent d'armes et qu'on ne peut que rarement challenger quand on n'est pas de la partie.

Et puis, on a envie que tu t'en sortes.

On sait que les chances d'en sortir se sont rétrécies. Une nouvelle opération, on ne peut y penser car les cellules malades sont éparpillées dans ton cerveau.

Le médecin va nous dire une chose qui nous met devant la réalité : « j'ai une patiente qui a pu vivre dix ans avec ce traitement ». C'est nous donner un horizon de temps ; lointain... mais si proche. Dix ans on peut en faire une vie belle, si on veut.

On organise les traitements, on programme des examens de contrôles importants pour voir si on a stoppé l'évolution de la maladie. On avance, pour ne pas tomber.

On se raccroche à tous les possibles : sauve qui peut ! Et on accepte tout ; tu acceptes tout. Mais dès ce moment tu exprimes que tu ne veux pas d'acharnement thérapeutique.

RADICALITE

Ces examens de contrôle étaient si fortement attendus ; enfin, nous y allons. Tu n'as pas tout vu et entendu car tu étais faible et un malaise t'as mise KO. Il faut que je te raconte ce moment que tu n'as pas pu voir et entendre complètement et qui m'a fait comprendre le chemin que nous empruntions désormais.

On est venu pour un examen, destiné à décrire l'état d'évolution de la maladie. Et voilà que tout de suite après tu fais un malaise, un du genre que je n'avais jamais vu. Tu es mal, tu convulses, je ne comprends pas. Appel des urgences. Tu es admise en un temps record ; il faut bien dire qu'une fois de plus c'est grâce à Marie-Bé qui était là. Le médecin des urgences, dans l'heure me parle.

Il (elle) me dit qu'il y a un risque « d'engagement ». Je ne comprends rien, ça veut dire quoi ? Pour moi l'engagement c'est une phase d'un accouchement, d'une naissance. De quoi on parle ?! Alors le médecin m'explique que l'œdème exerce une pression sur le cerveau et que s'il n'arrive pas à maîtriser l'œdème, celui-ci poussera le cerveau hors de la boite crânienne. Je suis atterré.

Le médecin me dit de faire venir rapidement les enfants, car il n'est pas sûr que ce ne soit pas une question d'heures. Alors quoi on vient pour un examen et... C'est un moment d'anéantissement. Quelques heures après, l'œdème était maîtrisé. Mais j'ai compris.

En plus, tu as des métastases aussi sur les os. Je crains la souffrance physique à venir. Mais enfin pourquoi ?

Tu m'as donné des moments d'émotion toute ma vie, mais là ça dépasse tout.

On va revoir ton médecin référent, qui va nous expliquer qu'elle est au bout des armes dont dispose la science, qu'il va falloir organiser des soins palliatifs. Je vois bien que tu ne refuses pas l'obstacle, tu as un grand courage, je ne peux être que petit à côté de toi : « pour combien de temps en ai-je ? » as-tu dit. Quelques mois au plus. Avec une situation aussi catastrophique c'est vraiment au plus.

Il va falloir se préparer à un événement radical, définitif. Mais enfin pourquoi ?

Ton père l'a dit : « J'ai été fier d'elle et de ce qu'elle nous a montré, et je lui ai dit, et je crois qu'elle a aimé que je le lui dise et que cela l'a aidée. J'aimerais bien faire fructifier cette graine, pour être aussi fort, aussi solide, quand mon tour viendra. »

PAS D'AUTRE CHOIX QUE L'ABANDON

Tu n'arrêtes pas de vouloir rentrer à la maison ; on va organiser cela et aussi l'inscription dans un établissement de soins palliatifs, pour après, on ne sait pas quand.

Je suis tourné vers les choses à organiser, je suis mobilisé, mais au fond, comme toi sans doute, je suis dans l'abandon. Je ne maîtrise rien, je ne peux pas inverser la situation, je ne peux qu'être ton mari impuissant. Le reconnaître au fond de soi c'est un abandon. Je m'abandonne à la Providence.

Je suis là, ma belle. Je suis auprès de toi. C'est tout ce que je peux faire.

JE SUIS LA

Tu en as douté parfois. Tu l'as dit à plein de monde et j'en ai été meurtri. Mais là, tu ne peux en douter. La vie de couple n'est pas un long fleuve tranquille, mais… cela dépasse tout.

Je suis tout à toi. Je dors près de toi à l'hôpital, je suis tout à toi. En doutes-tu encore ? Tes amies m'ont dit que tu l'as vu et compris. Je suis tout à toi. N'en doute plus.

3 – Pas d'espoir

Tout au long de ce parcours de vie, difficile d'abord pour toi, tu n'as cessé de ménager des étapes, comme pour m'acclimater, nous acclimater, à ce qui se préparait, à un événement majeur, dont on ne veut pas prononcer le nom, tant il nous rend malheureux.

D'abord on nous réduit le temps : dix ans peut-être, je le crois. Puis quelques mois au plus, je le sais. Tu es passée très près de pas de temps du tout. Cela aide à comprendre.

Nous savons qu'aucune solution n'existe dans les mains des médecins, cela va mal se passer. Tu restes maîtresse de toi et tu fais savoir à ta sœur, à moi, au médecin que tu ne veux aucun acharnement, ce que la loi te permet parfaitement de dire. Tu ne veux pas être maintenue en vie artificiellement. Le médecin le note bien et l'hôpital transcrira cela noir sur blanc. Ta volonté est claire. C'est encore un acte d'amour pour les tiens.

Par la suite les choses vont évoluer de telle manière que tout se passe comme si tu me ménageais des étapes, tu me préparais le terrain, tu me libérais pour préparer la suite. Il faut une grande force, je te le dis. Je ne sais pas d'où tu la tires ; les prières de tant de monde autour de nous ont pu t'aider et la Providence venir à ton aide. J'ai fait de même avec les amis et la famille, distillant les informations progressivement, sans dramatiser, dans la vérité.

Le médecin nous dit la vérité et tu l'entends.

Il faut maintenant la dire à tous.

Tu ne m'as pas vu et il valait mieux, mais dans le grand hall de l'hôpital, j'ai commencé à appeler nos enfants, tes parents, tes sœurs, quelques amis. Le même message répété dix fois. J'ai à chaque fois manqué d'air, ma voix tremblait : il n'y a plus de solution, plus d'armes thérapeutiques, il faut se préparer, on va rentrer à la maison, on prépare des soins palliatifs. Chacun réagit avec sa personnalité, maîtrise de soi et sens pratique pour les uns, réponse atterrée pour d'autres, sans voix pour d'autres encore.

Je suis en train d'annoncer qu'on ne peut plus rien faire pour empêcher la maladie de te tuer et que cela va arriver à brève échéance, sans pouvoir dire quand bien sûr. Je dois tout dire aux miens. C'est à moi de le faire. Mais que c'est dur. Je ne sais pas encore qu'il y aura d'autres étapes bien plus difficiles encore et qui me demanderont des actes, que je n'aurais jamais imaginé avoir à accomplir.

C'est, pour l'heure, une tâche déjà bien difficile, car elle m'oblige à accepter que cela va se passer ainsi. Nous sommes mariés depuis 33 ans – j'en suis fier – tu n'as que 55 ans, les femmes ont une espérance de vie de trente ans de plus, mais toi, tu vas nous être retirée, tu vas m'être retirée. Tout dire, avec délicatesse mais vérité.

Comme dans les drames, c'est toi qui équilibres ce sombre horizon par quelques éléments moins affreux. Tu le fais par des pitreries, et on en rit volontiers. L'une d'elles est ta pantomime, plusieurs fois par jour, de faire tes valises pour rentrer à la maison. Tu te comportes comme une enfant, je sais que tu le souhaites profondément, mais tu le dis comme dans un jeu. Nous te retenons avec tendresse, mais c'est toi qui nous donnes de la tendresse en nous amusant un peu sur la manière. Il faut attendre que le traitement soit au point et que tout soit organisé.

C'est que, ma petite femme, la suite est lourde ; ces mouvements préparent de grandes manœuvres, qu'on n'imagine même pas dans leur ampleur.

Avec application, je prépare la suite, une hospitalisation à domicile, je fais les comptes... J'essaie d'être un peu présent à la maison près de mon fils et d'appeler tous nos enfants.

Sans l'implication de M-B, ta sœur, cela aurait été bien difficile, pour bien comprendre la portée de ce qu'on me dit, pour bien organiser les choses, pour conseiller sur l'établissement futur de soins palliatifs, qui est un univers inconnu pour moi, pour m'assister auprès de toi, pour nous soutenir. C'est pour elle aussi le début seulement.

Tu sais Marie-Catherine, j'ai pris la plume parce que je voulais conserver la somme d'affection dont tu as été, dont nous avons été, l'objet. Pour te parler d'actes difficiles que ces événements m'ont conduit à poser, contre toute attente et prévision. Je veux en garder la mémoire, je veux te le dire. Voici !

4- A L'AIDE

Tu étais si malade et faible que je ne pouvais te laisser seule à la maison ; tu risquais de tomber de te faire du mal, de ne pas y arriver toute seule.

Le travail, que tu as toujours trouvé trop prenant chez moi - et c'est sans doute vrai – continuait à me demander néanmoins beaucoup de présence. C'est le principe de responsabilité tu sais, plus tu en as, plus tu en as, et j'ai une tendance au stakhanovisme, c'est un travers ; s'engager et respecter ses engagements, c'est une sorte de qualité et de défaut en même temps. Tout cela bien que mon Service ait allégé mes travaux au maximum, en me soutenant aussi par beaucoup d'amitié ; la somme d'amitié parfois insoupçonnée ressort dans des moments comme celui-là. Je vois bien que certains savent vers quoi nous allons et leur compassion est le miroir de l'épreuve qui s'approche.

Comment lâcher prise ? Comment faire alors qu'à côté de nous le monde continue de bouger comme si rien n'avait changé pour nous, et mes interlocuteurs habituels ne pouvant pas tous comprendre ce qui nous arrivait. Coincé.

Alors ma femme, involontairement certes, mais tu m'as amené à demander de l'aide. Ce n'est pas une démarche habituelle chez moi tu le sais, c'est le moins qu'on puisse dire. Mais là je ne peux assumer seul toutes les tâches : assister ma petite femme, faire les travaux de la maison, aller travailler et participer aux travaux où je suis requis. Oh ! Certes je suis passé maître dans les courses expresses : le supermarché, puis les surgelés, puis les primeurs, le tout en une heure à deux maximum, et le tour est joué pour la semaine ! Ah ! Oui aussi tu te souviens on a acheté une centrale vapeur, merveilleuse petite machine, qui me permet de repasser les chemises par tranches de dix. Pas de détail ! La femme de ménage nous a lâchés très vite mais on se débrouille.

Mais cela ne suffit pas, je ne vais plus pouvoir assumer mes obligations professionnelles dans lesquelles - on s'en rend compte dans ces moments là - nos problèmes personnels n'entrent pas toujours en ligne de compte.

Demander de l'aide ? Facile à dire mais cela va demander beaucoup de bonnes volontés pour faire face à mes moments d'absence de la maison. Je n'y crois pas vraiment. Les bonnes paroles ne sont pas toujours suivies d'effets concrets lorsque les problèmes sont là et qu'on vous demande de vous engager : vous ! J'hésite car je ne sais plus comment faire. Je demande conseil à M-B : crois-tu que je peux essayer de mobiliser tous les réseaux amicaux et familiaux comme cela, et je ne sais même pas pour combien de temps. Je crois encore que ce sera pour des mois ! L'avis de M-B fut très simple et de confiance dans la providence : essaie.

Alors j'ai tenté le coup en faisant confiance, d'ailleurs je n'ai pas le choix. J'ai envoyé une bouteille à la mer, en fait un e-mail ; ma messagerie va devenir un trait d'union au plein sens du mot.

Tu n'as pas lu tous ces messages alors je te les offre, tels qu'ils étaient.

Le 8 novembre 2012

« *Chers Tous et Toutes,*
A un titre ou à un autre vous êtes proches de Marie-Catherine et/ou de son mari, qui vous adresse ce message : famille, amis de notre foyer, équipes Notre-Dame, paroisse, amies personnelles de Marie-Catherine. Ce message vous est personnel mais il peut être transmis aux personnes que vous jugerez utiles d'informer.
 Ce message a deux buts : vous donner des nouvelles et vous demander un peu d'aide si cela vous est possible.
Marie Catherine sort de dix jours de radiothérapie de l'encéphale. Cela la met KO et elle va récupérer progressivement sur un mois au moins. C'est une dure étape qu'elle vient de supporter. Elle entre, à partir de la semaine prochaine en chimiothérapie, partie par injection, partie par cachets, des cycles de 15 jours suivis d'une pause de 7 jours. Tout le cycle d'inconvénients qu'elle a déjà connus précédemment repart hélas avec, par moment, des baisses de défenses immunitaires (moins fortes que l'an dernier nous dit le médecin, ce ne sont pas les mêmes substances de chimio) les cheveux qui vont tomber... Elle supporte avec calme et pour l'instant grande fatigue et se repose aussi souvent que nécessaire.
Vous êtes nombreux à lui avoir - nous avoir - manifesté votre soutien par toutes sortes de voies : visites, chaines de prières, accompagnements à l'hôpital, coup de fil... Nous vous en sommes reconnaissants.
Nous allons avoir besoin encore d'un peu d'aide, car je ne laisse pas Marie-Catherine seule à la maison en ce moment et pour certains accompagnements à l'hôpital, après un certain allègement de mon emploi du temps et cette semaine où je me suis mis en congés. Dès la semaine prochaine, nous aurons besoin d'aide en fonction de vos possibilités : en mobilisant beaucoup de personnes on peut y arriver sans que ce soit trop lourd pour chacune et chacun. Vous pouvez aussi transmettre à celles et ceux que j'aurais oubliés et qui pourraient nous donner un coup de main. Si vous avez une 1/2 ou

une journée dans les dates qui suivent, nous vous remercions de nous le faire savoir, par réponse sur cette boite de messagerie où je centraliserai les informations pour organiser cela et vous confirmer les créneaux. Vous avez ci-dessous les besoins sur les 15 jours à venir (après que de choses nouvelles, nous verrons) ; pour les déplacements c'est comme vous voulez soit avec votre véhicule si vous préférez, soit en taxis que Marie-Catherine peut commander avec un système que nous avons :

- *le lundi 12, M-B s'est rendue libre et s'occupe de Marie Catherine (journée) : OK donc*
- *le mardi 13 : besoin sur la journée (déjeuner possible à la maison) 9H - 17H : peut être subdivisé en deux 1/2 journées*
- *le mercredi 14 : besoin le matin dès 9h (déjeuner toujours possible à la maison avec MC, les surgelés ont du bon)*
- *le jeudi 15 : besoin pour accompagner MC à Boulogne (installation d'une nouvelle chambre implantable sous-cutanée dans une clinique à Boulogne pour 9H30, jusqu'au déjeuner, après je rejoindrai vers 15h30 ou 16H, je ne peux pas avant.*
- *le vendredi 16 : besoin pour le matin à 9h, puis déjeuner à la maison, puis accompagner MC à l'hôpital pour 16h (partir à 15h) : peut aussi être divisé en deux 1/2 journées si nécessaire.*
- *<u>Semaine suivante</u> le lundi 19 : tôt accompagner MC à l'hôpital pour 9h30 (suppose de partir à 8h30) retour et déjeuner avec MC à la maison : je ne pourrai être là que l'après-midi.*
- *le mercredi 21 : l'après midi et jusque tard car je ne serai pas rentré avant 20h ou 20H30 : on peut imaginer de séparer après-midi et début de soirée.*
- *je devrais pouvoir me libérer pour la chimio du 23 à 16H et nous partirons donc vers 15H*

Des changements d'agenda à l'initiative de l'hôpital sont toujours possibles, je vous en préviendrai le cas échéant. Je peux aussi avoir un problème côté professionnel.
Bien sûr, mais je préfère le dire clairement, si vous avez envie de voir MC et que ces créneaux ne vont pas pour vous, dites-le, je l'intègrerai dans ce planning, qui j'espère ensuite se régulera un peu plus facilement.
Nous vous remercions de vos réponses selon vos possibles et vous sommes à l'avance très reconnaissants de votre aide et de votre soutien.
Affectueusement et amicalement
Marie-Catherine et Krys »

Voilà c'est parti ! Chaque fois que je vais envoyer un message, je vais recevoir plus de réponses que nécessaire et je pourrai toujours couvrir toutes les plages horaires qui correspondent à un besoin. Merveilles de la Providence, mais aussi merveilles de l'amitié et de l'affection dont nous sommes l'objet, au-delà de toute pensée.

Si je n'ai pas l'amour (la charité, dit Saint Paul), je ne suis rien. Et bien je viens d'en avoir une leçon au-delà de ce que l'on peut imaginer et espérer. Et cela va continuer. Oui je crois que la « Cité de Dieu » n'est pas notre monde fini, mais elle commence un peu ici lorsque l'amour y trouve sa portée concrète.

Le 10 novembre 2012

« Chers Tous et Toutes,
Marie-Catherine va tranquillement en se reposant beaucoup et en attendant le début de la chimio la semaine prochaine.
Ce message d'abord pour vous remercier de vos réponses qui me permettent de boucler l'organisation des deux semaines à venir, ce qui est d'un grand secours et soulagement. Je récapitule donc ci-

dessous, les présences que vous avez bien voulu m'indiquer comme possibles pour vous.
Croyez en note reconnaissance.

Lundi 12 : M-B OK
Mardi 13 : matin RL, après midi AP (14h30), puis moi en fin d'AM
Mercredi 14 : matin M-T et JP Q ; après midi moi
jeudi 15 : matin + déjeuner : N V (déplacement pour la clinique pour pose chambre implantable à Boulogne par taxis) ; AM moi
vendredi 16 : matin + déjeuner : M-Th et G D; après midi FR (déplacement à l'hôpital pour 16h, par taxi)

Lundi 19 : matin + déjeuner (déplacement à l'hôpital pour 9H30, donc départ vers 8H30, par taxi) ; AM moi
Mardi 20 matin + déjeuner + AM à 18H : A et JM F
Mercredi 21 : Matin moi ; AM M-T et G D, jusqu'au soir car je rentre tard (20H environ)
jeudi 22 : Matin Moi ; AM visite de R et N L
Vendredi 23 : Matin moi ; AM J-M (qui conduira MC à l'hôpital pour 16h, partir à 15h)

Vérifier que je n'ai pas fait d'erreur vous concernant.
Il y aura peut-être une suite et je reviendrai donc vers vous. Si vous me signaler un autre destinataire merci de me donner son adresse mail.
Toute mon affection et amitié
Krys »

Nous avons continué ainsi. Jamais je n'ai manqué de l'aide dont nous avions besoin. Une organisation d'enfer, pour toi, ma belle. Chaque mail, pourtant si simple, me prend une heure, pour bien vérifier et revérifier que je n'ai rien oublié, pour peser chaque mot, chaque expression, pour que tout soit dit et que rien ne choque, pour être concret et précis autant que possible. Pour sécher les larmes aussi. Dans l'esprit de l'hymne à la charité de Saint Paul, je dirais que l'amour est concret. Les réponses que nous avons eues ne l'ont pas été moins.

Organisation d'enfer, mais qui ne va pas sans quelques défauts tout de même !

En revanche la Providence va faire le reste. Il y a une chose que tu n'as pas complètement aperçue et qui est une chose incroyable ! Chaque fois que j'ai envoyé des messages à une liste très bigarrée car elle comporte les adresses de messagerie que je possède dans la famille, les amis, les paroissiens, tes amies de la formation de conseillère familiale, d'autres encore.

Le miracle c'est que ces messages circulent – j'ai invité à le faire pour libérer chacun – et informent plein de monde, ainsi atteints indirectement.

Et je ne suis pas sûr que tu t'en sois rendue compte, mais cela se double de chaines de prières pour toi, ma belle, pour nous. Dans la paroisse, dans notre équipe Notre Dame, puis très vite dans les autres équipes du mouvement, puis certains ont mobilisé des communautés religieuses, qui ont commencé de nous soutenir, ou plutôt de demander au Seigneur de nous soutenir et à Marie aussi.

Cela a été énorme. Pour toi ma belle. Je pense que cela t'a soutenu en effet. Dans cette épreuve nous n'avons pas été seuls. Par des aides concrètes, par des pensées affectueuses, par la prière, seul recours. Je le pense, cela nous a aidés, et même portés.

Je sais : cela dépasse celles et ceux qui ne croient pas. Je prends l'image de Saint Augustin avec sa Cité de Dieu. Pour moi c'est le signe qu'elle commence ici et qu'elle est la pale figure de ce que nous vivons auprès de Dieu. C'est l'espérance des chrétiens.

Le 18 novembre 2012

« Chers Tous et Toutes,
Je prie celles et ceux qui n'ont pas reçu le précédent mail qui est ci-dessous de m'excuser des erreurs d'adressage que j'ai faites, malgré mes qualités de secrétariat que je croyais optimales...! Je pense avoir réparé, mais signalez-moi les mails qui manquent ou qui vous paraîtraient faux. Par ailleurs, vous pouvez bien sûr transmettre cela à toutes les personnes dont le mail n'est pas dans ma liste parce que je n'ai pas réussi à le retrouver.
Le repos est toujours de rigueur pour Marie-Catherine, pour permettre doucement de récupérer suite à la radiothérapie (1 à 2 mois). La chimio étant commencée depuis jeudi dernier, l'ensemble des médicaments - et il y en a beaucoup - ont évidemment des effets sur sa fatigue sans parler des effets secondaires de la radiothérapie et de la chimio. Celle-ci est fondée sur une prise dans la veine (par chambre implantable posée jeudi dernier) et le reste de la semaine par médicament solide. Prochaine prise à l'hôpital vendredi prochain. J'espère que la situation va progressivement se stabiliser pour lui permettre une vie un peu plus autonome, malgré tous les effets des traitements, qui sont redoutables. Dans ce paysage encore assez difficile, Marie-Catherine conserve l'appétit ce qui est bien. Je ne peux pas considérer qu'elle serait suffisamment sur pied pour la laisser seule pour l'instant.
Je dois donc continuer à organiser les semaines à venir de manière à assurer une présence auprès de Marie-Catherine lorsque je ne peux pas être à la maison. J'organise pour l'instant chaque week-end pour les deux semaines qui suivent.

Sans vous tous, cette organisation serait très compliquée, mais grâce à vous collectivement je peux organiser les choses au mieux. Un grand merci pour la présence que vous avez déjà assurée depuis plusieurs semaines sous différentes formes.
Pour la semaine qui vient (du 19 au 23 novembre), les choses ne changent pas a priori et sont organisées comme suit :
<u>Lundi 19</u> *: matin + déjeuner (déplacement à l'hôpital pour une consultation pour 9H30, donc départ vers 8H30, par taxis) : N V ; AM : M W à partir de 14h30 et jusqu'à 18H, après : moi*
<u>Mardi 20</u> *: matin (vers 9H30) + déj + AM jusqu'à 18H : A et JM F, puis moi*
<u>Mercredi 21</u> *: Matin moi ; déjeuner que je préparerai et AM dès 13H30 M-T et G D, jusqu'au soir car je rentre plus tard (20H environ)*
<u>jeudi 22</u> *: Matin Moi ; AM visite de R et N L*
<u>Vendredi 23</u> *: Matin moi ; déjeuner à la maison avec les D. qui viendront de Belgique ; AM : J-M (qui conduira MC à l'hôpital avec sa voiture pour 16h, partir à 15h).*
Pour la semaine du 26 au 30 novembre, j'ai besoin de vous, dans les plages horaires suivantes :
<u>Lundi 26</u> *: besoin le matin dès 8h30, pour me permettre de rejoindre un conseil d'administration que je ne peux repousser. AM je peux rester à la maison, mais je ne reviens pas avant 14h*
<u>Mardi 27</u> *: besoin le matin à partir de 8h30 et l'AM jusqu'à 18H (on peut déjeuner à la maison je remplis le frigo et congélateur)*
<u>Mercredi 28</u> *: besoin le matin à partir de 10H ou plus tôt si possible ; et l'après midi (encore un conseil d'administration que je préside) (même chose sur le déjeuner à la maison)*
<u>jeudi 29</u> *: j'accompagnerai MC à l'hôpital le matin et devrait être de retour pour 14H. l'AM j'ai à nouveau besoin d'une présence jusqu'à 18h30 ou 19h*
<u>vendredi 30</u> *: besoin le matin à partir de 9h et l'après midi jusqu'à 17h30 ou plus si possible.*

Je fais ces messages à tous pour vous informer collectivement. Je sais parfaitement que vous ne pouvez pas tous et toutes vous rendre disponibles notamment pour des raisons professionnelles, matérielles ou personnelles. Vous ne devez pas en éprouver une quelconque gêne et encore moins de culpabilité, comme certains me l'ont dit, et nous comptons aussi sur vos pensées et vos prières. En revanche, si vous pouvez facilement vous libérer sur l'un de ces créneaux ou plus, vous savez ainsi à quel moment votre visite pourra être le plus en phase avec nos besoins très concrets.
Vous pouvez toujours essayer de joindre Marie-Catherine, mais pas après le repas de midi avant 16h (sieste oblige). Lorsque que vous l'aurez au téléphone soyez assez brefs et ne vous étonnez pas trop si vous sentez une certaine fatigue au bout du fil ; vous pouvez aussi envoyer un SMS sur son portable ce qui lui permet de le lire lorsqu'elle est réveillée.
Nous comptons sur vous.
Je vous embrasse tous
Krys »

Le 18 novembre 2012

Je suis vraiment frappé de vos réponses si rapides et providentielles, car les propositions permettent de boucler la semaine du 26, avec même des possibilités offertes que je ne peux mobiliser... tout de suite, ne m'en veuillez pas. Merci à toutes et à tous de votre attention et disponibilités. Je retiens donc, sauf contre-ordre :

<u>Lundi 26</u> : matin à 8h30 : V K ; AM 14H au plus tard : moi
<u>Mardi 27</u> : matin à 8h30 : A et JM F ; AM à partir de 14H: M-T et J-PQ
<u>Mercredi 28</u> : Matin 10h : V M ; AM : M-T et G D
<u>Jeudi 29</u> : Matin : j'accompagne MC à l'hôpital ; AM 14H30 R L
<u>Vendredi 30</u> : matin JM et A F ; AM 14h : A P

Comment vous dire ma reconnaissance
Krys »

Le 25 novembre 2012
« *Chers Tous et Toutes,*
Voici quelques nouvelles, avec un peu de retard mais il y a beaucoup à faire ces temps-ci. D'autant qu'avec un humour difficile à comprendre la Providence n'a pas empêché Emeline notre fille de tomber malade et d'être hospitalisée en urgence (elle a été traitée et reste hospitalisée cette semaine). Ce qui fait bonne mesure...Nous tenons le coup.
L'état de Marie-Catherine s'améliore tout doucement, mais réellement. Encore faible, elle se relève. Les traitements ne sont pas trop mal supportés. Cela suit son chemin aussi bien que possible. Jeudi elle va entrer dans une semaine de "pause" de la chimio, avant de repartir pour un nouveau cycle.
Notre organisation de présences d'accompagnement va se poursuivre cette semaine et je prépare ici la semaine suivante du 3 décembre. Vous pouvez voir la liste des destinataires augmenter à la demande de telle ou tel et j'ai encore dû corriger des adresses de messagerie erronées, je m'en excuse. J'espère qu'il n'y en a plus. Comme précédemment, vous pouvez transmettre ces nouvelles à d'autres sans hésiter, ce que vous faites je m'en suis aperçu.
Pour la semaine prochaine, le planning reste bouclé malgré des changements marginaux, je le rappelle ci-dessous. Pour la semaine du 3 décembre je vous signale les besoins d'aides comme précédemment. Nous comptons sur vous.

Pour la semaine du 26 au 30 novembre, le planning est le suivant :
Lundi 26 : matin dès 8h30, V K . AM de 14 à 15H R L mon Beau Père, puis je reviens.
Mardi 27 : matin à partir de 8h30 A F. AM 14h jusqu'à 18H M-T et J-P Q
Mercredi 28 : matin 8h30 à 10H Marie Bé ; 10H V M. AM 14H M-T et G D
Jeudi 29 : matin : j'accompagnerai MC à l'hôpital. AM 14H jusqu'à 18h30 ou 19h M B

vendredi 30 : matin à partir de 9h A F. AM jusqu'à 17h30 ou 18H A P et A M (qui accompagneront MC chez la kiné).

Pour la semaine du 3 décembre au 7 décembre, les besoins seront les suivants et je vous remercie de votre aide si cela vous est possible :
Lundi 3 : le matin j'accompagne MC à l'hôpital. AM besoin de 14h à 19h à la maison
Mardi 4 : Besoin matin à partir de 9h : M-B s'est déjà proposée : ce jour là une prise de sang sera nécessaire au domicile
Mercredi 5 : besoin matin à partir de 9h et déjeuner avec MC. AM de 14h à 18h30
Jeudi 6 : Matin je serai à la maison, AM j'accompagnerai MC pour la reprise de la chimio
Vendredi 7 : Matin de 9h ou 9h30 jusqu'au soir : J M s'est proposée
Sachez que le cas échéant, pour le déjeuner vous trouverez tout dans nos congélateur et réfrigérateur, je vous proposerai un menu sans soucis. Pour le thé ce sera plus simple encore...

Merci de vos retours sur ces besoins, merci de vos très amicales pensées exprimées de toutes sortes de manières et de vos prières qui sont je le crois très nombreuses.
Nos amitiés et notre affection vont vers vous
Krys et Marie-Catherine »

Le 26 novembre 2012

« Chers Toutes et Tous,
A nouveau, je vous remercie de votre soutien fidèle et efficace et de tous vos signes d'amitié.
Le planning me paraît bouclé pour la semaine du 3 au 7 décembre, de la manière suivante :

Lundi 3 : le matin j'accompagne MC à l'hôpital. AM de 14h à 17h F W. V K pourrait-elle passer entre 17 et 19H ?

Mardi 4 : à partir de 9h : Marie Bé : ce jour là une prise de sang sera nécessaire au domicile le matin
Mercredi 5 : matin à partir de 9h et déjeuner avec MC : M B. AM de 14h à 18h30 : N V
Jeudi 6 : Matin nous partirons vers 11H pour l'hôpital et l'AM nous y restons pour la reprise de la chimio : aucun besoin en définitive ce jour là
Vendredi 7 : Matin de 9h ou 9h30 jusqu'au soir : J- M R

Sachez que, le cas échéant, pour le déjeuner vous trouverez tout dans nos congélateur et frigo, je vous proposerai un menu sans soucis.

Si vous souhaitez passer un moment sans être mobilisé (ée), ce sera possible aussi, bien que je sois à la maison :
- lundi matin 3/12 jusqu'à 11H ou nous partons à l'hôpital
- jeudi matin avant 11H (même raison nous partons à 11H pour L'hôpital)
- voire vendredi en fin d'AM pour libérer J-M.
Dites le moi par mail.
Par ailleurs, la semaine entamée est au point grâce à vous toutes et tous.
Marie-Catherine et moi vous remercions de vos réactions si rapides qui permettent d'organiser les choses aussi aisément.
Amitiés »

Le 2 décembre 2012

« Chers Toutes et Tous,
La situation de Marie-Catherine s'améliore peu à peu, malgré des moments de forte fatigue dans la journée. Elle reprend progressivement un peu d'autonomie. Nous espérons bien continuer sur cette pente, sans impatience excessive. Peut-être cela pourra progressivement alléger notre dispositif. On pourra le dire après

avoir revu le médecin à l'hôpital, pas plus tard que demain matin. Je doublerai donc ce message d'un autre demain pour tenir compte de ce qu'on nous dira.
Pour la semaine du 3 au 7 l'organisation est maintenue telle que ci-dessous, sauf en ce qui concerne JM, qui ne pourra pas venir vendredi car elle a elle-même un problème de santé qui l'empêche de prendre sa voiture pour venir jusqu'à nouvel ordre (A sera là le matin, peut-être M pourra-t-elle la relayer plus tôt que prévu, je confirmerai ce lundi).
Encore ce matin à la sortie de messe, comme de notre équipe Notre-Dame, je recevais nombre de témoignages de vos pensées et prières permanentes, auxquelles nous sommes très sensibles et qui sont un grand soutien.
Bien amicalement et affectueusement
Krys »

Le 5 décembre 2012

« Chers Toutes et Tous,
Quelques nouvelles plus tardives (retard qui m'est imputable) et tenant compte des dernières consultations. Il y en a encore une demain et nous verrons.
Je vous confirme que Marie-Catherine va mieux. Son impatience montre qu'elle reprend petit à petit de la force. Le marathon n'est toutefois pas encore pour tout de suite.
Avec l'accord du médecin nous sommes donc amenés à alléger un peu le dispositif sans toutefois le supprimer pour l'instant, il faut laisser du temps au temps. Celles et ceux qui donneront un peu de leur temps pourront éventuellement le faire en arrivant plus tard et en partant plus tôt, sans hésiter à laisser Marie-Catherine, qui se remet dans le circuit. Nous aurons cependant encore un peu besoin de vous (cf. ci-dessous).
Je vous donne aussi des nouvelles de ma fille, car je vous avais un peu inquiétés avec les nouvelles du début de semaine dernière. Elle

est sortie de l'hôpital lundi et a repris ses soins à la maison et puis E est revenu auprès d'elle car il était à l'étranger. Moment qui semble rentré dans l'ordre, espérons pour longtemps.

Merci de vos manifestations d'attentions de formes très variées, en particulier de celles et ceux qui sont loin ou indisponibles, dont les pensées nous sont un soutien tout aussi marqué. Nos pensées vont aussi à ceux qui pendant cette période ont rencontré des difficultés tout aussi préoccupantes que les nôtres et que nous portons dans notre cœur.
Selon mon habitude et parce qu'il faut être concret, je rappelle l'organisation de la semaine (ce qu'il en reste) et je vous signale les besoins de la semaine du 10 voire celle du 17 car nous approchons d'une phase festive plus délicate alors autant prévoir. Cela dit nous pouvons désormais considérer que de simples visites dans ces créneaux sont suffisantes, donc en principe le matin à partir de 10H et l'après midi plutôt après 15h 15h30 et vous pourrez la quitter vers 17h ou 17H30 à votre convenance. Ceux qui voudront déjeuner le pourront toujours (j'approvisionne les frigos).

Cette semaine se déroule bien, il reste :
Jeudi 6 : Matin nous partirons vers 11H pour l'hôpital et l'AM nous y restons pour la reprise de la chimio : aucun besoin ce jour là
Vendredi 7 : Matin A M vient à partir de 9H ou 9H30 en vue d'accompagner Marie-Catherine chez le kiné (RDV à 10H30, donc partir à 10H au plus tard). L'après midi 14H M W vient pour tenir compagnie à MC et peut la laisser vers 17H. J'arriverai plus tard, mais c'est désormais sans problème.

Semaine du 10 au 14 décembre, les besoins sont :
lundi 10 : Après midi
Mardi 11 : Matin tôt car j'ai une réunion très tôt et il y a une prise de sang à la maison
Mercredi 12 : Matin pas tôt et AM

Jeudi 13 : Matin pas tôt. Et AM : il y a un accompagnement à l'hôpital en principe pour une chimio et je ne pourrai pas me libérer (taxi possible bien sûr)
Vendredi 14 : M-A et C D viennent de Belgique (je serai là le matin pour les accueillir avec MC, mais ne pourrai pas déjeuner, je serai de retour en fin d'AM

Semaine du 17 au 21 décembre :
lundi 17 Matin et AM
mardi 18 AM
Mercredi 19 je serai là
Jeudi 20 : Matin
Vendredi 21 Matin

Ensuite je vais me mettre en congés.
Je vous remercie de votre fidélité et de vos attentions.
Mon amitié et mon affection
Krys »

Le 9 décembre 2012

« *Chers Tous,*
Ce petit message pour vous dire que la progression se poursuit tranquillement. Besoin d'encore beaucoup de repos. Le dispositif d'accompagnement est allégé comme prévu, pour laisser plus de marge de manœuvre à Marie-Catherine, tout en l'accompagnant encore.
Je dois aussi vous dire le planning, qui est le suivant pour l'instant :
Semaine du 10 au 14 décembre :
lundi 10 : nous nous débrouillons
Mardi 11 : Matin A F (il y aura une prise de sang à la maison), AM : je serai là
Mercredi 12 : Matin B P et AM M-B la rejoindra

Jeudi 13 : Matin on se débrouille et AM A F (Il n'y aura pas d'accompagnement à l'hôpital car la chimio saute)
Vendredi 14 : M-A et C D viennent de Belgique (je serai là le matin pour les accueillir avec MC, qui doit cependant être à la kiné à 10H30. Je l'accompagnerai et la ramènerai en voiture, mais ne pourrai pas déjeuner. Je serai de retour l 'AM.

Semaine du 17 au 21 décembre :
lundi 17 Matin M-T et G D (vous pouvez arriver vers 9H ou 9H30) et AM il faut accompagner Marie-Catherine à l'hôpital pour une consultation départ impératif à 14h30 (un taxi sera commandé) M-C H peut-elle ?
mardi 18 AM M-T et J-P Q (à partir de 15H environ)
Mercredi 19 je serai là
Jeudi 20 : Matin (à boucler)
Vendredi 21 Matin (à boucler)

Nous vous remercions de votre fidélité et de vos attentions
Notre amitié et notre affection
Krys et Marie-Catherine »

Le 12 décembre 2012

Merci à V K et à R L, qui seront auprès de Marie-Catherine les 20 et 21 matin respectivement, nous permettant de boucler la semaine prochaine. Ensuite je serai en congés.
Merci à toutes et à tous de votre aide et de vos pensées.
Je vous embrasse
Krys

UNE NOUVELLE ANNEE

Ne pas se laisser abattre, ne pas oublier les bonnes choses. Pourquoi pas un peu de joie simple. C'est une de tes sœurs qui m'en donne l'idée, une attention concrète telles que les femmes savent les penser et qui équilibre « l'un peu trop centré sur les choses à faire » que je suis.

Le 27 décembre 2012

Chers Toutes et Tous,
Une surprise est réservée à Marie-Catherine à l'occasion de son anniversaire, que nous allons fêter le samedi 29 décembre à partir de 16H, selon les modalités suivantes (sur un scénario inspiré de M-O, avec les conseils avisés de M-B et une mise en scène que voici).
A partir de 16h le 29/12, celles et ceux qui le peuvent, avec vos jeunes s'ils sont d'accord, nous passons d'abord prendre des pâtisseries "de rêve", chacun se choisissant ce qu'il aime dans les quantités qu'il juge bonnes.... à la :
"Pâtisserie des rêves" (SIC), que Marie-Catherine avait eu l'occasion d'expérimenter il y a quelques mois, non loin du sanctuaire de la rue du Bac.
Puis nous rejoignons un café brasserie, qui nous accepte avec nos pâtisseries, dans une salle au fond, où nous serons servis par de drôles d'oiseaux : « Les mouettes ».
Là on lui fait la fête et on déguste nos pâtisseries en buvant ce qu'on nous proposera.
Ce sera un anniversaire simple, pas trop fatiguant pour Marie-Catherine, fait de chaleur, avec un peu de sucre glace dessus.
Je vous embrasse
Krys »

Le 7 janvier 2013

« Chers Toutes et Tous,
Nous avons plus épisodiquement donné des nouvelles durant la "trêve". Nous avons pu voir ensemble nos enfants et celles et ceux qui leurs sont attachés, fêter Noël en famille et même fêter simplement mais dignement, avec de la crème, l'anniversaire de Marie-Catherine, avec une petite surprise.
Le rythme des traitements lui n'a pas de trêve. On fait face au mieux avec pas mal de fatigue et d'attentes sur des examens à venir. Marie-Catherine continue son bonhomme de chemin avec ce qu'il faut d'impatience, bien naturelle.
Nous n'allons pas reprendre le dispositif que nous avions avant Noël, qui n'est plus indispensable et qui contraindrait trop Marie-Catherine aujourd'hui ; elle doit pouvoir maintenant conserver son autonomie.
Vous devez vous sentir à l'aise pour prendre de ses nouvelles par téléphone (plutôt le portable) plutôt pas trop tôt l'après midi, ou pour vous annoncer pour une visite si vous le souhaitez en vérifiant avec Marie-Catherine si elle est bien là (elle peut être en consultation, à la kiné, en chimio, ou avoir quelqu'un auprès d'elle...). Le dispositif de fin 2012 étant levé, vous ne devez plus considérer, comme cela a été le cas un temps, qu'elle a besoin d'assistance jusqu'à mon retour.
Elle pourra aussi vous appeler pour bavarder un peu ou vous solliciter pour un déplacement ou moi-même en cas de besoin.
Nous savons vos pensées, votre attention et nous vous en remercions le plus chaleureusement. Nous vous souhaitons ainsi qu'à toutes vos familles une année 2013 paisible et heureuse.
Avec notre affection
Krys »

UNE ORIENTATION NOUVELLE DE LA MALADIE

Comme nous avons attendu anxieusement le 17 janvier, date d'examens destinés à vérifier l'effet des traitements et en particulier de la radiothérapie. Nous y sommes, tu es bien faible. Tu te traines littéralement. Je ne peux aller plus loin que l'injection de préparation, le mari exit ensuite. J'attends. Te voilà sortie, si faible. Mais on te rappelle, tu as bougé nous dit-on et il faut refaire la jambe. Quand tu sors tes chaussures ne sont même pas ajustées. Comme tu es faible !

Nous attendons ; même le chocolat chaud qu'on te propose ne te tente pratiquement pas. Ce n'est pas bon signe quand on sait à quel point tu apprécie le chocolat.

Puis tu fais un malaise, un de ceux qui me font penser que ce n'est pas normal et banal, un comme je n'ai jamais vu, comme si tu perdais pied, sans pouvoir réagir. Tu es très mal. C'est les urgences, mais nous sommes dans l'hôpital où tu es suivie, c'est deux étages en dessous.

Le 19 janvier 2013

« Chers Tous,
Je reviens vers vous pour des nouvelles, qui ne sont pas bonnes je suis désolé de le dire. Je vous écris de l'hôpital où Marie-Catherine a dû être hospitalisée en urgence jeudi 17, alors que nous nous y trouvions pour des examens de contrôle importants. C'est un nouvel oeudème cérébral qui est maintenant détecté et traité mais la met dans un état de fatigue et de confusion assez fort. Elle marche très peu et risque de chuter à chaque pas. Heureusement nous étions dans l'établissement à ce moment là et la connaissance de

l'intérieur de M-B nous a fait recevoir les soins les plus attentifs, dans cet établissement de grande qualité.
Le week-end, les choses n'avanceront pas. Nous attendons lundi pour voir le médecin référent qui est seul à pouvoir nous dire ce qui se passe exactement sur la base des examens réalisés et comment on va gérer cette situation qui ne s'améliore pas. Je m'attends à de mauvaises nouvelles lundi.
J'essaierai de vous tenir au courant de la suite lundi ou mardi. Je ne peux imaginer le retour à une autonomie dans l'état actuel des choses, contrairement à ce que j'avais précédemment écrit.
Je sais que certains ont cherché à l'appeler sur son portable et j'ai trouvé 30 messages qu'elle n'avait pratiquement pas lu du fait de sa faiblesse. A la maison on ne répond pas beaucoup car je n'y suis pas et j'ai dormi à l'hôpital cette nuit et la prochaine. Il reste donc mon portable, les SMS ou les mails.
Merci de vos pensées et soutien.
Avec toute notre affection
Krys »

Le 21 janvier 2013

Je reviens vers vous pour quelques nouvelles complémentaires, qui hélas confirment mes inquiétudes. La chimio n'a pas arrêté la progression de la maladie. C'est une très mauvaise nouvelle car les médecins sont pratiquement arrivés au bout de leurs armes, tout au moins pour les métastases cérébrales, qui sont les plus préoccupantes. Le traitement actuel lui a redonné de l'air et elle est mieux que jeudi, consciente de ses risques, assez sereine et même drôle parfois.

On passe à une hospitalisation à domicile cette semaine, je ne sais pour combien de temps. Je vais organiser une aide à domicile extérieure le matin de 9 à 13h, qui sera une présence professionnelle, qui me déchargera en partie, en plus de l'hospitalisation à domicile qui passera plusieurs fois par jour pour contrôler son état...

Mais, sauf si je suis là bien sûr, je vais avoir besoin de votre aide les après midi, car on ne peut pas laisser Marie-Catherine seule pour deux raisons :
- elle est très faible, a besoin d'aide pour lever une fourchette et pour se déplacer car elle peut à tout moment chuter,
- j'ai pu voir jeudi que cet état peut varier et devenir critique, il faut alors réagir sans tarder si cela devait revenir. Je vous donnerai des instructions pour le cas où cela arriverait, ce qui serait un accident car elle sera suivie en permanence.

Pour toutes ces raisons, il faut être physiquement capable de la soutenir (pas seulement moralement), ce qui n'est pas évident pour tout le monde et ne pas craindre d'avoir la responsabilité de la vigilance quand on l'accompagne à la maison. Pour le dire autrement, il ne s'agit pas seulement de visites amicales classiques.

Cela n'empêchera pas tel ou tel de lui rendre visite, mais il faut bien distinguer la visite d'amitié à laquelle elle est sensible et qui est une autre forme de soutien, et une forme d'aide plus pratique, bien qu'à certains moments elle tombe de sommeil. Cette phase est réellement plus difficile que ce que vous avez connu deux mois en arrière, dans cette phase où vous avez soutenu Marie-Catherine (et moi-même à travers elle).

Dites-moi dans quel rôle vous vous sentez éventuellement et je vous confirmerai que cela me paraît possible compte tenu de ce que je sais de notre nouvelle réalité. Puis j'organiserai les choses concrètement.

Sachez que votre soutien, qu'il soit par des signes de loin, par vos intentions de prières, par vos visites et appels, par une aide plus lourde dans les moments de besoin, sont précieux à nos yeux et sont un très grand réconfort. N'ayez pas peur de viser simplement ce que vous vous sentez capable de faire.

Plus encore maintenant vos prières sont nécessaires et je sais qu'elles n'ont pas cessé.

Je ne peux que vous redire mon amitié et mon affection.
Faites passer le message car j'oublie tout le temps quelqu'un ou quelqu'une, qu'ils ne m'en tiennent pas rigueur.

Krys »

A l'hôpital, ton médecin référent t'a revue. Elle vient te voir dans ta chambre. Elle ne peut cacher qu'elle est au bout des armes médicales. Tu restes forte : « pour combien de temps en ai-je ? ». Le médecin ne peut répondre précisément, mais on comprend que cela se compte maintenant au plus en mois.

Le médecin est à ce moment comme un membre de la famille ; il vit cela comme nous. Cette annonce est terrible. Ce médecin reste professionnel et profondément humain ; nous proposant de faire une séance avec nos trois enfants au cours de laquelle elle leur expliquera la situation, pour qu'ils se rendent compte de ce qui se passe et qu'ils l'entendent d'un médecin.

Nous aurons cette séance. Les enfants écoutent avec une attention indescriptible ; il y a peu de questions. Tout est si clair.

C'est un jour de neige. Tout le paysage en est couvert.

Puis nous allons organiser le retour à la maison en hospitalisation à domicile. Je ne sais pas encore ce qui nous attend, je suis confiant devant l'organisation des choses avec les services de l'hôpital.

Déjà, nous programmons ton entrée, à une date pour l'instant inconnue de nous, dans un établissement de soins palliatifs. C'est impensable. Mais nous avançons vers cette phase de ta maladie qu'on sait être courte, mais que je vois comme quelques mois. Je me trompe mais je ne le sais pas.

Et toi, tu ne penses qu'à rentrer à la maison. Pendant tous les jours qui ont suivis les urgences et durant lesquelles tu es hospitalisée, plusieurs fois par jour tu fais mine de remballer tes affaires : « Allez, on rentre à la maison ! ». Tu me fais rire car tu fais des pitreries et cela devient presque un jeu. Tu fais le mouvement de faire ta valise. Mais on doit encore attendre que tout soit prêt. Est-ce un jeu, est-ce une pitrerie, est-ce un instinct de revenir chez nous avant que tout aille mal, est-ce un jeu pour ne pas nous laisser tomber de tristesse et d'angoisse, est-ce un jeu d'amour pour les tiens ? Peut-être un peu tout cela à la fois.

Puis enfin on rentre. Tout est organisé matériellement.

Le 22 janvier 2013

A un membre de la famille : « Cette fois je t'ai inscrite dans ma liste électronique, mais c'est pour vous informer de nouvelles que je voudrais bien différentes. C'est ainsi. Merci de tes pensées, je lui transmets.

Nous devrions être en hospitalisation à domicile demain, ce qui va être une autre étape, que nous avons connu un peu pour E, il y a quelques années. Pour Marie-Catherine c'est une sorte de soulagement, malgré les soins formidables que nous recevons à l'hôpital.

Je t'embrasse
Krys »

Le 22 janvier 2013

A des amis : « Merci. C'est bien de venir à deux, c'est une bonne idée.

Avec toute ma reconnaissance.

Xristophe

Le 22 janvier 2013

De J-M et A F :

« Cher Krys,
Nous pensons bien à vous.

Quand Marie-Catherine arrive-t-elle à la maison ?

Nous nous proposons J-M et moi d'assurer une présence jeudi 24 ou vendredi 25 après midi ou mardi 29 ou jeudi 31, si Marie-Catherine est arrivée : le fait d'être deux nous donnera une sécurité en cas de problème.

Nous restons à ta disposition pour tout autre aide dont tu aurais besoin.

Nous t'embrassons très fort
A et J-M »

« Merci a vous deux. Cette semaine ça va aller. Je vous reviens. L'installation de la HAD est pour demain mercredi et c'est bien sous contrôle.

Je vous embrasse très fort. »

Le 23 janvier 2013

« Chers amis,

Rentrée hier soir d'un séjour auprès de ma mère, âgée, vivant à Grenoble, je lis à l'instant tes deux mails Krys pour lesquels nous te remercions de nous tenir ainsi informés de ce que Marie-Catherine et toi-même êtes en train de vivre.

Cela me touche profondément et m'engage à poursuivre ma prière et à informer nos enfants. C m'ayant demandé des nouvelles il y a peu.

Comment puis-je très concrètement vous aider ? J'ai du temps lundi jusqu'à 18h30, heure où je dois être rentrée pour un rdvs. Je n'ai pas de connaissances médicales et ne suis pas certaine de pouvoir retenir Marie-Catherine d'une chute éventuelle.

Je me remets totalement dans ce que tu sentiras Krys. Dans mon temps de prière, tout de suite vous êtes au cœur, Marie-Catherine, Krys et vos trois enfants,

Je vous embrasse,

M »

UN TOURNANT DANS TA MALADIE

Le 24 janvier 2013

De A et F R :

*Nous avons lu ton nouveau mail qui, hélas, confirme tes inquiétudes.
Nous comprenons le chemin où est Marie-Catherine à présent.
Nous avons bien lu les besoins qui sont maintenant les vôtres, et avons réfléchi aux différentes formes d'aide que nous pourrions vous apporter. Pour être très précis, compte tenu de mon travail qui cette fois me bloque, nous ne pouvons venir tous les deux en semaine, et A ne se sent pas la capacité physique de soutenir Marie-Catherine.*

De ce fait, nous proposons de venir dimanche prochain entre 15 et 17 h pour passer un moment auprès d'elle. Dis-nous simplement si cela est possible et te convient.
Sois assuré, dans tous les cas, que nous pensons et prions pour Marie-Catherine, pour toi et vos enfants. C et G, nos filles, au courant de la situation sont aussi en union de prière avec Marie-Catherine.
Avec toute notre amitié et notre affection
A et F »

Le 24 janvier 2013

« *Chers Tous,*

Je vous reviens tardivement du fait de mes occupations liées à l'installation de Marie-Catherine à la maison en hospitalisation à domicile (HAD). Cette installation est remarquable par la prise en charge qu'elle comporte dès le démarrage le 23/01. Je dois dire que ce qui a été fait par l'hôpital avant son départ n'était pas moins efficace, mais pas seulement cela ; la prise en compte de la situation a été faite dans la clarté et en même temps la délicatesse. L'attention de M-B au cours de ce processus notamment a été très précieuse.

Nous avons un peu modifié l'organisation de la maison pour rendre l'HAD la plus confortable possible, nous sommes au point. L'aide de la société de service va se mettre en place sans doute mardi prochain et couvrira du lundi au vendredi la plage horaire de 9h à 13h, ce qui sera une aide professionnelle et me déchargera de pas mal de choses, jusqu'à la préparation du déjeuner de midi.

Ces éléments, parfois très matériels sont au point techniquement et ne semble pas avoir perturbé Marie-Catherine à son retour à la maison et il me semble qu'elle a déjà trouvé ses marques dans un univers ou le cadre de vie a changé. Elle reste paisible et déterminée à "penser" la période qui vient et sa préparation : vous le verrez peut-être vous-même et si ce n'est pas gai cela reste serein. La qualité de son sourire est une chose que je ne peux décrire. Nous nous abandonnons au chemin qui vient, en restant sereins.

La journée type de Marie-Catherine, sans que ce soit minuté ou statique, est en gros la suivante, et il vaut mieux l'avoir en tête ; elle est rythmée par des périodes de repos : entre 7 et 9h préparatifs (déjeuner, habillage...), puis repos, vers 11h collation, puis repos, vers 13h repas, puis repos, vers 16 ou 17h éveil et goutter, puis repos avant le diner vers 20h, coucher vers 21h. Cela est indicatif car il y a des repos qui sautent et des interventions de l'HAD.

Elle pourra tomber de fatigue devant vous ce n'est pas grave, il faut juste l'aider à s'allonger sur le lit où elle est mieux que dans le fauteuil installé pour elle et qu'elle utilise quand elle le veut.

Il faut savoir qu'elle a mal dans le milieu du dos et au niveau du bassin et parfois à la tête (tout cela lié à des métastases) ; on la soulage avec des médicaments. Elle a plus ou moins, mais plutôt plus, besoin d'aide pour lever sa fourchette ou son verre et il faut l'aider, ce qu'elle accepte parfaitement ou même le demande.

Après mon dernier mail vous avez été nombreux à me répondre en vous positionnant comme je vous le demandais en fonction de vos possibilités et souhaits en accompagnement ou visiteur amical. Vos réactions si rapides, nombreuses et parfois nouvelles, m'ont rempli d'admiration, comme autant de petits miracles.

Voici le programme de la semaine prochaine du 28 janvier au 1er février (A = accompagnement ; V = visite amicale selon notre nouvelle convention) :

*Lundi 28 : Je serai à la maison / AM : F W et L SV (A) et V M (V) : merci de me dire celle (s) qui partirait la dernière et à quelle heure
Mardi 29 : Mise en place de la société de services (de 9 à 13h) / A F (A) et J-M et H R (V)
Mercredi 30 : société de services (de 9 à 13h) /
Jeudi 31 : société de services (de 9 à 13h) / un relais (A) pour le déjeuner et un peu après serait utile pour moi
Vendredi 1er février : société de services (de 9 à 13h) / un relais (A) pour le déjeuner et un peu après serait également utile pour moi.*

Les créneaux non remplis ci-dessus peuvent être l'occasion d'autres propositions ou de propositions plus étendues en temps. A ce stade, je serai, à ces moments là, à la maison dans mon bureau et j'en profiterai pour travailler en vous laissant vous occuper de Marie-Catherine.

C'est une période difficile qui commence. Votre aide sous toutes ses formes, y compris souvent spirituelle, est précieuse, plus que jamais ; vos marques d'affection et d'amitié sont une chose unique.

*Tenons le coup.
Avec toute notre affection
Krys »*

Le 25 janvier 2013

De M-T et J-P Q : « *Bien Cher Krys,*

Nous venons de lire ton mail... et nous voyons avec quel amour tu organises l'accompagnement chez vous de Marie-Catherine. Nous sommes émerveillés de ta force et de ton courage pour vivre cette épreuve.

Nous pouvons assurer une visite amicale Mercredi 30 ou Jeudi 31 AM....

Notre belle-fille C, qui travaille à l'hôpital de rattachement de la HAD, nous a confirmé le sérieux de cette équipe.

Par ailleurs, pourrions-nous envisager une visite de notre équipe un jour en fin de journée (voir possibilités de chacun et du Père) ?

En union de prières avec vous, reçois toute notre affection J-P et M-T »

« *Cette semaine est déjà bien bouclée, mais on va avoir le temps d'organiser quelque chose avec l'équipe Notre Dame et donc le Père. C'est une bonne idée, à condition que ce ne soit pas trop long, pour ne pas la fatiguer. Je vais tenter d'organiser cela.*

Merci à vous.

Je vous embrasse »

Le 26 janvier 2013

« *Chère A, j'ai fait une erreur, il y avait déjà deux accompagnateurs le vendredi 1er février. Je perds parfois le nord en ce moment. Ne m'en veux pas.*

La semaine d'après tu trouveras sans doute un créneau qui sera utile et je serai mieux rodé. Je t'embrasse

Krys »

Le 26 janvier 2013

« Chers Tous et Toutes,
Merci de vos réponses nombreuses, dans lesquelles j'ai dû faire des choix. Avec un peu de retard je vous donne, comme à mon habitude, le programme complet pour la semaine du 28. Je mentionne aussi bien les accompagnements (A) que les visites (V). Marie-Catherine ayant besoin de se reposer et chacun et chacune ayant besoin de pouvoir la voir il faut respecter les uns les visites des autres. Marie-Catherine fait aussi un travail et doit pouvoir disposer de créneaux qu'elle choisit à des fins déterminées. Vous pourrez aussi voir passer les infirmières de la HAD...
Voici donc le programme de la semaine prochaine du 28 janvier au 1er février (A = accompagnement ; V = visite amicale selon notre nouvelle convention) :
Lundi 28 : Je serai à la maison, il y a une visite médicale à la maison à 11h / AM : F W et L S V (A)
Mardi 29 : Mise en place de la société de services (de 9 à 13h) et kiné à 11h / AM A F (A) et H R (V)
Mercredi 30 : société de services (de 9 à 13h) et 11h30 le Père curé / AM M-O et Marie Bé
Jeudi 31 : société de services (de 9 à 13h) et 11h R L / AM N V (A)
Vendredi 1er février : société de services (de 9 à 13h) et 11h V M / AM T R et M-O.

L'accompagnement suppose une présence en principe à 13H précise et que vous pouvez déjeuner avec Marie-Catherine, le déjeuner étant préparé par l'auxiliaire de vie sur mes directives alimentaires, ne vous chargez de rien pour préparer le repas, mais vous pourrez le prendre avec Marie-Catherine.
Il se peut que je sois parfois dans la maison mais je travaillerai dans le bureau.
Vous disposerez d'instructions d'accompagnement dans un cahier où les accompagnants pourront noter les faits significatifs utiles

pour le suivi médical, comme : prise de médicaments, passage aux toilettes, douleurs exprimées, autres éléments significatifs.
Votre aide est précieuse et notre reconnaissance infinie.
Avec toute notre affection et notre amitié à Marie-Catherine et à moi
Krys »

5 – Tenir, redire oui

J'ai hésité pour toi et pour ta mémoire. Mais il n'y a aucune honte à avoir et il faut que je donne à nos enfants la clé d'événements ou de situations qu'ils ont vus, avant que tu ailles mal puis quand la maladie a repris. S'il n'y avait pas eu d'amour entre nous, cela aurait pu conduire à la rupture de notre couple. Grâce à Dieu, cela n'est pas arrivé, nous avons tenu dans la tempête.

Tu sais quand je me suis marié avec toi, je choisissais, pour la vie entière, l'amour avec une jeune femme au caractère entier, pas calme, pas banal. Tu étais une femme au caractère fort. Mais c'est comme cela qu'on t'aime.

Parler conduisait parfois à des éclats de voix, de l'incompréhension. Mais nous avons continué à parler. Il y avait aussi, derrière ces éclats, une perte d'estime de soi, que je n'ai pas su combattre.

Cela n'a pas été neutre pour certaines activités ou contacts qui se sont raréfiées ou que j'ai écartés, sauf lorsqu'ils pouvaient se jouer à deux. C'était un choix amer, pourquoi le nier, mais on peut s'adapter à beaucoup de choses si c'est pour préserver l'essentiel.

Puis un degré fut franchi lorsque cela s'est transformé en obsessions. Puis ton cerveau t'a conduit à littéralement déraper, dans des démarches non raisonnables, qui auraient pu être terrible, pour toi et pour moi. J'en ai été désespéré. Je ne comprenais pas. Nous nous heurtions. Un coup de semonce a retenti lorsque que de toi-même tu es allé à Sainte-Anne pour demander de l'aide. Ils m'ont appelé et t'ont littéralement rendue à moi. J'étais sonné, toi aussi.

J'ai douté de tout, même de toi. Nous avons, malgré tout, tenu bon. Mais je n'ai pas su sortir de cette logique infernale, te rassurer, te faire comprendre mon amour.

C'est triste de dire cela, mais l'horizon s'est éclairé pour moi lorsque le psychiatre, que tu consultais à l'hôpital où tu étais suivie pour ton cancer, a posé un diagnostic qui expliquait cette pente infernale. Elle a dit que tu avais des troubles bipolaires. J'ai compris que ces troubles influençaient ton jugement sur les choses, mais ils n'étaient pas ta personnalité, ton choix ; tu les subissais. Ce n'était pas ton libre arbitre et tu luttais. J'ai compris aussi que les tumeurs éparpillées dans ton cerveau avaient en outre exacerbé ces troubles.

Tu l'as compris toi-même, tu l'as dit, et tu as voulu réparer nos souffrances en le disant aussi : «on aurait dû m'arrêter...» as-tu dit. Cela est un témoignage magnifique, tu étais si malade.

Le pardon échangé a tout effacé. Nous sommes passés près d'un gouffre mais nous ne sommes pas tombés.

L'exacerbation était si forte, le psychiatre a voulu t'hospitaliser pour réguler le traitement de ces troubles. Je t'en ai parlé, tu ne le voulais pas. Alors sachant que cela ne simplifiait pas la mise en place des traitements, je me suis opposé, en ton nom, à cette hospitalisation d'un genre particulier, qui aurait dû s'ajouter aux autres soins que tu subissais. On a fait autrement, le médecin, en bon professionnel, l'a accepté.

Je n'ai pas de meilleure preuve d'amour à te donner que, pendant ces années, avoir conservé le cap, avoir tenu. Oh ! Les doutes, la tristesse m'ont parfois submergé. Mais j'ai reçu la grâce nécessaire pour continuer, chercher des signes d'amour, sans comprendre, sans abandonner. Le pardon échangé a été plus qu'une récompense, une grâce, un bien.

Nos enfants n'ont pas pu comprendre tout cela ; ils ont dû se dire que, comme d'autres, nous ne nous entendions plus très bien. Ils ont pu parfois craindre que nous en tirions les mêmes conséquences que ce qu'on voit dans la société qui nous entoure. Il n'en a rien été. Ils peuvent mesurer maintenant que rien ne nous a été épargné. Malade, tu étais en plus atteinte de ces troubles, qui ont contribué à te torturer.

Je ne garde aucun doute désormais, ni tristesse. Ces parenthèses dans notre vie n'étaient pas toi. Je l'ai compris bien tard. Notre pardon mutuel a brûlé tout ces événements pour ne laisser vivant que l'essentiel.

Cette affection aurait pu être régulée plus tôt si un médecin en avait posé le diagnostic. Je suis infiniment reconnaissant au médecin qui l'a posé et traité, même s'il a fallu que ce soit si proche de ton départ au ciel.

Tu ne m'en veux pas d'avoir dévoilé cela ? Tu sais, cela n'a rien retiré à ta force de vivre, à ta beauté, à ton intelligence. Tu fais tout en grand, sans demi-mesure !

Cela doit être lu comme un témoignage éclairant pour la durée dans le mariage. Il faut sans cesse se redire : oui. Je t'ai dit un grand nombre de fois oui après le 2 août 1979. Ces jalons, c'est cela l'amour. Notre engagement a été renouvelé à chaque épreuve, et elles n'ont pas manqué. C'est ceux qui restent et renouvellent leur engagement continument qui aiment, et non l'inverse. Tu es montée trop vite au ciel, tu ne m'as pas dit tout ces jalons que toi-même tu as posé. Il faudra attendre d'entrer dans la Cité de Dieu pour en parler ; cela sera éclairé de la pleine lumière alors. En attendant, ...

Tu m'habites.

C'est une rencontre,
Puis un lien,
Un amour naissant.
Tu m'attires, je t'attire,
On ne se quitte plus.
On construit une vie,
Ensemble.
Je te redis oui, oui, oui.
Ma vie est avec toi,
Mais tu es au ciel maintenant.
Jamais aussi présente en moi.
Tu me manques,
Tu m'habites.

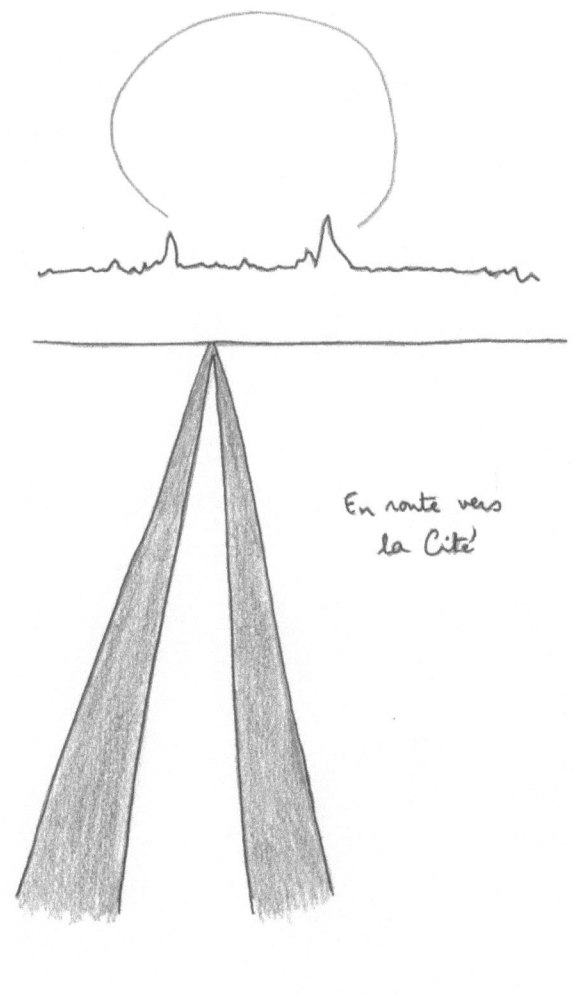

En route vers la Cité

6 - Un cadeau inestimable : pardon

Tu me réserves une surprise, dont je ne vais connaître la portée que progressivement. En demandant à voir ou parler avec notre curé de la paroisse, tu ne fais pas une démarche banale, tu me prépares un acte d'amour. Je ne le sais pas encore.

Le 22 janvier 2013

Au Père Curé de la paroisse : « Merci Père vraiment de votre disponibilité. Marie-Catherine a émis le souhait de vous appeler. Je vais le faire avec elle. Demain nous passons à l'hospitalisation à domicile. Je ne suis pas sûr, mais peut-être souhaite-t-elle à nouveau recevoir le sacrement des malades, elle ne l'a d'ailleurs pas exprimé ; peut-être veut-elle simplement vous dire un mot. Je vais la sonder pour mieux comprendre son souhait.
A quel moment est-ce le plus simple de vous contacter par téléphone?
Amitiés
Krys

Le 23 janvier 2013

Au Père Curé : « L'hospitalisation a domicile se met en place aujourd'hui et elle sera là en fin de matinée. Je ne cache pas que ce seront déjà des soins à caractère palliatif.

Marie-Catherine est consciente de la situation. En reparlant avec elle de vous contacter, je me rends compte qu'elle n'est pas contre le sacrement des malades mais que sa volonté, en fait, est de parler de

ses...obsèques. C'est tout elle ! C'est prématuré mais il faut sans doute la tranquilliser ; je ne sais ce qu'elle a en tête. Et ce n'est pas incompréhensible dans notre situation. Elle est paisible.
Le Seigneur soit avec nous.
Je vous appelle dès qu'elle peut.
Amitiés
Krys »

En fait tu me réserves là une preuve d'amour. Tu veux parler de tes obsèques un peu, mais tu veux dire à un prêtre, que tu aimes bien, ce que tu as sur le cœur. Tu veux lui dire que tes doutes, tes déclarations intempestives qui me concernaient n'étaient pas fondées. Tu te mets « au net ».

Nous allons avoir ensuite un moment tous les deux, peut-être le plus important de cette période. Nous allons pouvoir nous pardonner mutuellement tout ce qui nous a un peu pourri la vie ces dernières années. C'est un bonheur de pardonner. Tout le mal reçu et donné s'envolent. C'est un cadeau si important pour moi. Nos « devoirs de s'asseoir » n'était pas souvent des « plaisirs de s'asseoir » et on réglait des comptes entre nous de manière assez vive parfois et très dure. Mais on se parlait au moins. Voilà que tu efface les dettes ; toutes les dettes.

Ce cadeau est sans prix.

Tes copines m'ont aussi transmis après ton départ un témoignage, qui me bouleverse. Elles ont pris note de paroles prononcées dans cette période ; les guillemets sont tes paroles, pas aussi assurées que d'habitude, mais claires :

« J'ai compris que mon mari m'aimait parce qu'il se comporte d'une manière tendre et non pas intéressée. Je regrette d'avoir autant soupçonné Krys, j'aurais voulu que l'on m'arrête dans mon propos. Je n'arrive plus à discerner, c'est cucul,...J'ai m'impression que rien n'était en cohérence avec la cohérence chrétienne, j'étais dans une « spirale infernale ».

Je voudrais épargner Maman : les psys disent qu'il y a des liens entre ma maladie et ce que j'ai vécu... Je ne veux pas que cela la blesse.

Moi je n'ai pas l'impression d'avoir été une horrible femme. Mais je ne suis pas en paix. J'ai trouvé que c'était trop dur. Je voudrais que ma fille n'ait pas une si grande souffrance. Je n'aimerais pas qu'elle ait autant à se battre. Je suis fâchée contre le ciel de voir autant de souffrance pour mes enfants. J'accepte la maladie pour moi, mais pas pour mes enfants. J'ai l'impression que c'est moi qui leur impose un combat. Ils n'ont qu'un seul choix c'est de se battre pour vivre. J'ai peur de ne pas être arrivée à leur transmettre la foi. La foi ce n'est pas seulement une histoire personnelle.

C'est horrible cette maladie, cela me soulage de le dire – je sais que j'ai souffert tellement depuis trois mois. J'ai besoin de mon mari. C'est quand même dur de dépendre de quelqu'un parce qu'on est malade.

J'ai vraiment beaucoup aimé mon mari et j'aime beaucoup mes enfants, j'ai adoré mes enfants. Je suis une maman aimante, c'est magnifique d'aimer ses enfants.

J'ai beaucoup aimé mes enseignants. La formation a été quelque chose de difficile pour moi. Mais je veux que mes formatrices sachent bien qu'elles m'ont beaucoup aidée.

J'aime bien donner... »

Je n'ai rien changé à ce témoignage.

Tu as été une femme forte devant les difficultés. Tu as été une maman si forte et efficace pour tes enfants. Tu as compris que je t'aime et tout le reste n'est rien. Tu regrettes des propos tenus sur ton mari. Dis comme cela tu as dû en dire beaucoup. Mais tu t'es fait pardonner. Oui j'ai parfois perdu le goût de vivre à cause de certaines paroles, de nos disputes, de tes soupçons, des propos que j'ai bien vu que tu portais et qui me concernaient. J'en ai été meurtri. Mais ton pardon efface tout. Absolument tout. Je suis tout à toi. Je te pardonne tout. Je te demande pardon pour ma rudesse, mon incapacité à te rassurer, mon enfermement sur moi, mes paroles trop dures, mes colères et mes cris, qui ne tenaient pas assez compte de ta souffrance, dont je ne savais pas tout. Tu me pardonnes tout.

Aux équipes Notre Dame, la règle nous propose de faire entre nous deux un « devoir de s'asseoir », ou un « plaisir de s'asseoir ». Là nous avons fait le plus beau de notre vie de couple. Oui c'est un cadeau inestimable que tu m'as fait là.

C'est tout toi ça. Tu cognes et tu discutes ensuite.

La tendresse qui a résulté de ce moment est une chose indescriptible. Tu as trouvé deux amies pour me porter cette confirmation là. Tu es incroyable. Je t'aime.

Comme l'émotion est grande de retrouver dans mes vieux papiers un poème – j'en écrivais pas mal dans les années 70 :

Pardon, mon Amour, pardon

Parc' que tu as pleuré.

Pardon, mon Amour, oui

Je ne sais pas te rassurer.

Tu pleures, tu te fermes
Et comme un enfant
Je suis décontenancé
Je n'ai que mes baisers à te donner

Mon Amour, si j'ai parlé dur'ment
Pardon
Si j'ai dit des conn'ries
Pardon !
Si j'les ai dites
C'est parc'que j't'aime !
Je deviens dingue quand tu pleures ;
Car je t'aime
Mais ça ne suffit pas.

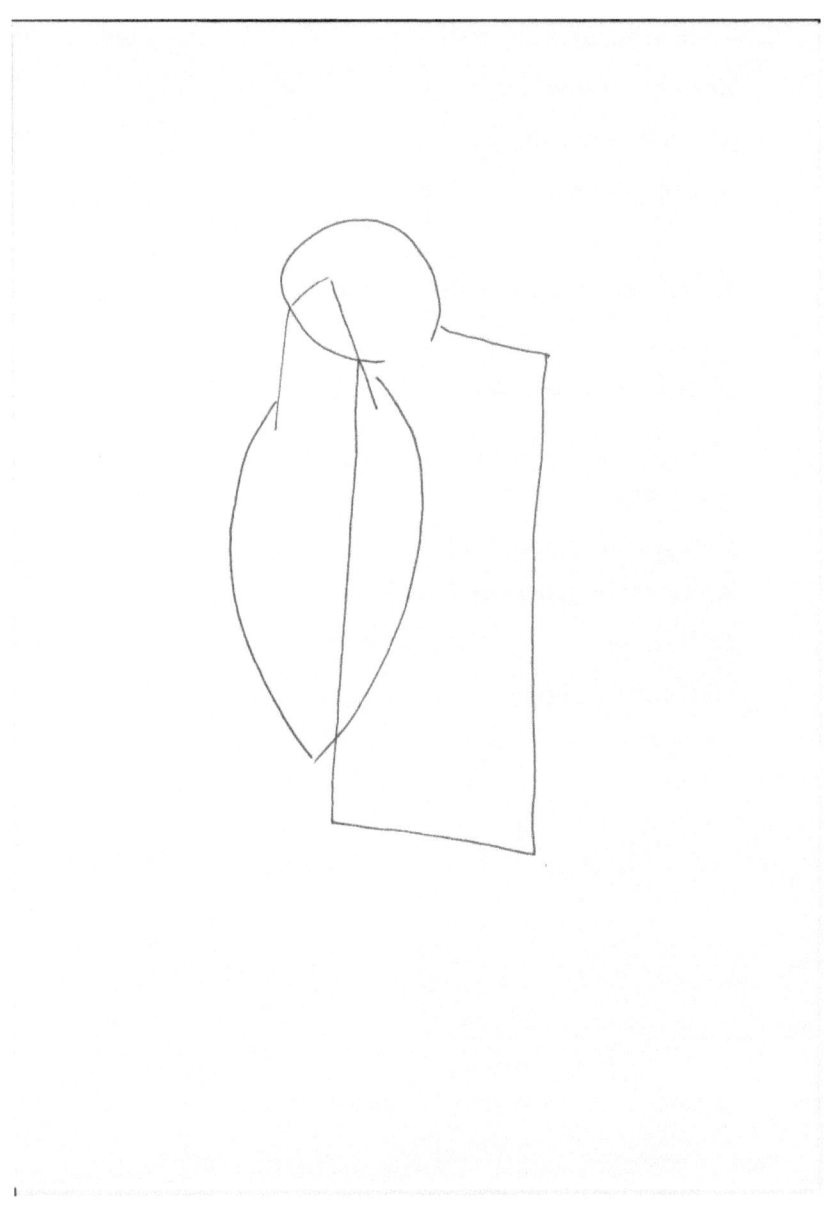

7 – PALLIATIFS

On savait toi et moi que cela serait nécessaire à un moment. C'est arrivé plus tôt que je ne l'avais pensé. Déjà à la maison tu étais en soins palliatifs qui ne disaient pas leur nom. Cette période me laisse privé de la moitié de moi-même.

A L'INSTITUT J.G.

A partir de ce moment je n'ai plus qu'une pensée : faire tout ce qui se peut pour que tu ne souffres pas, ni physiquement, ni psychiquement. Je crains des angoisses pour toi, qui seraient bien naturelles, mais qui peuvent te mettre mal, très mal.

Cela va me conduire à être un peu net avec certains. On vient te visiter, pas déverser sa propre angoisse sur toi. J'ai été jusqu'à interdire à certains de venir car je n'avais pas confiance dans leur comportement émotionnel. Qu'ils (elles) me pardonnent, rien ne comptait plus à mes yeux que Marie-Catherine.

J'ai peut-être fait une erreur à leur égard, mais j'ai vu des angoisses naître simplement après une file de visites toutes affectueuses et amicales. Le dernier arrivé a rencontré un mur : c'est assez je ne suis pas encore morte ! Qu'en aurait-il été si une trop grande émotion avait transpirée d'une visite ? Je ne me suis pas autorisé à prendre le risque, pour la paix de ma petite femme.

Le 4 février 2013

« Chers tous,

Vos visites sont un réconfort. Mais l'absence de limites, que je n'ai pas cherchées à fixer depuis que nous sommes à l'institut J G, se révèle beaucoup trop fatigant pour Marie-Catherine.

Dans son cas, la fatigue accumulée devient une angoisse très forte pour elle, certains soirs.
Aussi, mais cela n'est pas un signal plus inquiétant en soi, en accord avec le poste de soins, je dois fixer une nouvelle règle du jeu plus "régulatrice" des visites.

Je vais préserver deux plages de visites possibles dans une journée dont les bornes sont approximatives car chaque jour est particulier : 1) Entre 15h et 15h30 ; 2) Entre 17h et 17h30.

Vous devrez me dire que vous passez et je vous confirmerai cette possibilité. Cela devra être limité à 5 mn, ce qui ne veut pas dire qu'on en fera 6 par plage pour les concentrer bien sûr ! Cela signifie que le reste du temps elle reste au calme.

Il se peut que vous veniez et que la visite n'ait pas lieu si elle est en repos. Il faut que vous l'acceptiez.

Il y a des endroits pour se poser sans la déranger. Je lui montre ou lui lis vos messages par ailleurs.

Je suis sûr que vous comprenez cela pour son meilleur confort et c'est l'essentiel.
Bien sûr, les recommandations de mon dernier mail ci-dessous restent valables : court, amical, émotifs s'abstenir.

Merci de passer le message. Je suis pour ma part tout à elle.

Avec mon affection

Krys »

Le 6 février 2013

Chers tous, je n'ai pas d'informations nouvelles sur l'état de Marie-Catherine sinon que la douleur semble bien contenue et qu'elle reste très calme. Sa prise en charge va s'améliorer un peu demain car nous changeons d'étage, le médecin responsable du premier ayant des problèmes.

Le traitement sera plus suivi au deuxième et cela va se faire demain matin. Si vous visitez Marie-Catherine ce ne sera donc plus dans le secteur saint Joseph. Le mieux est de demander à l'accueil car je ne connais pas encore le numéro de la chambre. Je vous remercie du grand respect des consignes que vous montrez et de tous vos témoignages d'amitié et d'affection.

Amitiés
Krys

La vie continue.

Le 10 février 2013

Des enfants d'une famille amie :
« Bonjour,
De Belgique... P D, qui vient de naître tient à vous remercier pour le superbe pyjama que vous lui avez offert à l'occasion de sa naissance. Elle a hâte de grandir pour pouvoir le mettre.
P grandit très vite. Depuis quelques semaines, elle nous fait plein de sourires et commence à attraper ses peluches. Là, elle profite de son petit parc où elle très sage (cela permet à maman d'écrire un émail :-)

Elle vous envoie en tout cas plein de bisous et de sourires :-)
On pense bien à vous,
P, N et M D »

« C'est Marie-Catherine, qui, de son lit, a pensé envoyer ce petit présent. Bravo à vous et bonne croissance à la petite P.

Nous vous embrassons »

Le 11 février 2013

« Chers Tous,

Il y a un moment que je ne vous ai pas adressé de message pour vous dire comment va Marie-Catherine, désormais ici à la Maison J. G. depuis déjà 10 jours.

Je dirais d'abord que les soins dont elle bénéficie ici, qui n'ont plus rien de curatif, sont ce qui peut se faire de mieux dans son état. L'attention des soignants, la prise en charge de la douleur, voire de l'angoisse dans certains cas, est très grande et permet de régler au mieux et au plus près les moments les plus délicats. Car son état est variable d'un jour à l'autre et même dans une même journée, avec des périodes de vigilance et beaucoup plus de périodes de sommeil ou demi-sommeil.

Elle bénéficie des visites que les uns et les autres vous lui rendez et vous respectez parfaitement la règle qui veut qu'on lui laisse du temps seule pour le repos (je rappelle les plages : 15h-15h30 et 17h-17h30, en m'appelant avant ou par un message). Parfois ces visites se font dans le silence et sans échange perceptible, mais elle sait que vous êtes passés. L'aumônier passe aussi régulièrement.

Elle est bien suivie par le corps médical. Elle a un peu décliné ces derniers temps : plus de fatigue, moins de vigilance, parfois quelques moments d'élévation de la douleur, tout cela non prédictible. Elle s'alimente peu, voire pas du tout et n'est pas supplémentée autrement.

Les soins sont donc palliatifs au plein sens du terme, et c'est bien ce qu'elle a exprimé avant que cette période ne s'ouvre.

Elle conserve son beau visage malgré la fatigue et parfois un sourire passe par là. L'angoisse est là aussi par moment.

Je sais la chaine de prière à l'œuvre et ce n'est pas pour rien dans la distance que Marie-Catherine arrive à mettre avec la douleur et le mal, avec un grand courage et une paix incroyable. On peut continuer de prier pour cela.

Je ne sais quoi vous dire d'autre sinon un grand merci de votre soutien permanent et fidèle.

Amicalement et affectueusement

Krys

Le 11 février 2013

« *Elle s'affaiblit, mais reste paisible. Passe demain ok. Peut-être, comme aujourd'hui, sera-t-elle endormie. Elle respire moins bien aussi.*
Je vous embrasse
Krys »

Le 18 février 2013

« *Chers Tous,*

Quelques nouvelles de Marie-Catherine, qui est à la Maison JG depuis maintenant un peu plus de 15 jours.

Elle ne semble pas souffrir et ne montre pas d'angoisse visible. Elle reste très endormie, en émergeant parfois de profondeurs insondables à l'improviste, pour un contact assez rapide, soit avec les soignants, le plus souvent, soit avec ses proches, mais de manière moins fréquente et très aléatoire.

De ce fait, certaines visites, pour ne pas dire l'essentiel des visites, se font en silence, mais peut-être perçoit-elle néanmoins l'amitié et l'affection qui y passent. Sûrement même.

Elle est maintenant très affaiblie.

Nous continuons de l'entourer par des visites, elle reçoit aussi des petites cartes avec des messages amicaux et affectueux ; M-B et moi nous veillons sur elle.

Si vous souhaitez la visiter c'est toujours possible (15h-15h30 ou 17h-17H30 en principe ; il vous suffit de me prévenir par un simple SMS ou appel téléphonique), car la fatigue reste là, au delà de la maladie qui ne s'arrête pas.

Avec mon affection et mon amitié

Krys »

DELIVREE, TU ES EN PAIX

Le 22 février 2013

« Chers Tous,

Je vous adresse ce message pour vous dire que Marie-Catherine a rendu un dernier soupir ce vendredi 22 février à 19H, dans la Maison J G. Elle est partie de la manière la plus paisible, sans douleur, dans un souffle d'une fragilité extrême. J'étais auprès d'elle ainsi que M-B.

Elle est libérée de la maladie, des souffrances, des peurs. Je le crois, elle est déjà bienheureuse auprès de Dieu, qu'elle a rencontré face à face. Ce n'est plus nous qui veillons sur elle désormais c'est elle qui veille sur nous.

Déjà nous devons nous préparer à ne plus la voir avec nos yeux.

Je dois organiser avec la Maison J. G. la possibilité de présenter Marie-Catherine à ceux qui le souhaitent ; vous devez vous sentir libres de venir la voir ou non, toutes les sensibilités sont justifiées par avance à cet égard. Je ne connaitrai les détails de l'organisation de cette présentation (en particulier les horaires possibles) que demain dans la matinée. Je vous en donnerai les détails à ce moment là. Je vais tenter d'organiser cela pour ce week-end et dès ce samedi si c'est possible.

Veillez donc sur votre messagerie et sur vos SMS pour avoir ces détails pratiques. Dès maintenant je rappelle que la Maison J. G. est située..., et que cette présentation aura lieu dans cet établissement au rez-de-chaussée (se présenter à l'accueil).

Ce soir est triste, mais j'ai le sentiment qu'on a fait ce qui était possible pour atténuer ses souffrances, dont elle est libérée. Son beau visage de ce soir nous le dit.

Toute mon amitié et mon affection

Krys »

Le 23 février 2013

« Chers Tous,

Comme indiqué précédemment, Marie-Catherine sera présentée à la Chambre mortuaire de la Maison J. G. dès ce week-end. Cet espace nous permet d'être 20 personnes. J'ai donc prévu deux présentations ce week-end (si c'est nécessaire nous organiserons une supplémentaire lundi) :

- Pour la famille, ce jour samedi à 16h30

- Pour les amis, dimanche à 16h30 également

Nous prierons avec elle simplement.

Si tel ou telle ne se sent pas capable ou préfère conserver une image différente de Marie-Catherine qu'il ou elle se sente libre bien sûr, nous aurons encore l'occasion de nous réunir autour d'elle bientôt.

Je vous embrasse tous

Krys

Le 26 février 2013

« *Chers Tous, voici le message qui part par la poste, qui ne vous atteindra peut-être pas dans les temps et qui peut circuler largement auprès de celles et ceux qui connaissent Marie-Catherine et dont nous ne disposons pas toujours de l'adresse postale.*

A bientôt

Krys »

« Le 22 février 2013,
Marie-Catherine nous a quitté et a rejoint le Seigneur...

8 – Des choix difficiles par amour

La maladie faisait son œuvre sans que plus personne ne puisse rien faire de curatif, mais cela tu le sais très bien. Dès le retour à la maison, tu n'étais soignée que pour réguler les effets des cellules malades sur toi.

C'est devenu ma préoccupation essentielle : tout faire pour que tu ne souffres pas, faire en sorte que ton départ, qui ne va pas tarder d'après le diagnostic médical, tu puisses le vivre dans la plus grande paix possible ; et ce n'est pas évident ni certain, tant le cancer dont je vois les effets sur toi sont forts, violents pourrait-on dire. Tout faire néanmoins pour que ton départ se fasse dans la paix. Quand on te connait avec ta facilité à lâcher prise, on peut avoir des doutes et des craintes, mais ta maîtrise de toi face à la maladie et aux échéances annoncées par le corps médical permettent de penser que c'est possible.

Je n'ai qu'une idée très vague de ce que sont les soins dits palliatifs, mais je sais que c'est bien, par le respect de la personne, de ses volontés et que c'est entouré d'une éthique à toute épreuve. C'est cependant déjà une forme d'abandon à la Providence, car on entre dans le brouillard à une vitesse folle !

Ces événements de notre vie qui vont conduire à ton envol vers le ciel m'ont de plus conduit successivement à prendre quatre décisions ; de celles qu'on voudrait ne pas avoir à prendre, de celles qui sont ce qu'on ne veut pas, de celles qui sont si difficiles quand il s'agit de Celle qu'on aime.

Tu n'en as pas été témoin directe et je veux te les raconter, t'en demander pardon et te dire que je les ai prises pour toi, par amour pour toi.

DEPART POUR UN INSTITUT DE SOINS PALLIATIFS

Tu es à la maison, en hospitalisation à domicile, mais chez toi ; on s'organise, l'aide de la famille et des amis est toujours là, bien présente, les soignants sont remarquables d'efficacité, de responsabilité et de maîtrise et toujours ce respect pour ta personne, pourtant si faible. On peut tenir un siège. D'ailleurs l'ambiance est celle d'un siège ; on s'attend à des attaques de l'ennemi ; on organise le château en camp retranché. Tout semble fonctionner, on peut résister, cela peut durer, nous verrons bien...

Mais non, la première attaque est violente et la cavalerie n'arrive pas assez vite, je veux parler des soignants. Leur responsabilité n'est pas en cause ; les encombrements, la distance du dernier malade visité... font qu'il faut une heure pour qu'une infirmière arrive te faire la piqure qui va te soulager. Tu n'es à nouveau pas loin des convulsions.

C'est juste ce qu'on veut éviter. L'hospitalisation à domicile c'est bien, cela t'a permis de revenir à la maison, ce que tu voulais tant. Mais dans ton état ce n'est pas raisonnable. Ou tu risques d'y passer dans la souffrance. Ce n'est pas possible. Et cela fait tout juste une semaine qu'on est rentré à la maison !

Alors il faut prendre la décision d'entrer – maintenant, si vite - dans un institut de soins palliatifs. Je prends cette décision, je te le dis, je le confirme aux soignants. Cette décision tu l'as aperçue, tu sais que je l'ai prise à contre cœur, mais aussi sans doute devant ce qu'il fallait faire. Cette décision se prend très vite d'ailleurs.

Tu es bien consciente de ce que cela veut dire, tu restes calme. Ton regard me transperce.

C'est le regard de celle qui sait, qui se laisse faire, qui s'abandonne. C'est un non retour. Pas le choix. Pardon.

Je dois t'arracher à ton univers domestique pour l'inconnu. C'est tellement l'inconnu, que l'institut prévu n'a pas de lits disponibles ; il faut mobiliser notre choix de deuxième rang (deuxième rang sur un critère géographique je veux dire), mais il ne semble pas en avoir non plus. On va peut-être se retrouver ailleurs ou dans des établissements de réputation moins évidente pour celles et ceux qui savent.

Un petit miracle et beaucoup d'insistance font qu'on pourra t'installer dans deux jours à l'institut J. G., dont tu connais la réputation et beaucoup avec toi. Je me souviens du voyage en ambulance pour y aller. Tu te rappelles que je t'accompagnais, tout près de toi.

Ce n'est que le début de cette partie du chemin.

PAS D'ACHARNEMENT

Tu as bien dit au médecin que tu ne voulais pas d'acharnement thérapeutique, tu l'as dit aussi à M-B et à moi. Les médecins ont transcrit cela par écrit, car tu avais prévu de le faire mais tu n'as pas eu le temps et tu n'en as plus la force.

Je m'en suis bien rendu compte lorsque j'ai vu l'effort que te demandait une signature. Cela m'a terrifié. C'était comme si je voyais les tumeurs t'attaquer sous mes yeux.

Le médecin a écrit : « Elle est en situation palliative d'un cancer du sein métastatique à l'encéphale. En cas d'aggravation neurologique, seuls les soins de confort doivent être mis en place, en excluant toute manœuvre de réanimation invasive… »

Cela sonne comme un arrêt de mort. C'est ta volonté. Pourquoi d'ailleurs si une crise majeure arrive de nouveau faudrait-il faire dans l'invasif maintenant, alors qu'on n'a plus d'armes pour toi ?

Facile à dire. Les urgentistes en seraient capables, même avec un tel papier d'un médecin qui te connait. Je n'ai pas pris un tel risque.

Tu m'as fait confiance pour être la personne référente, un porte parole en quelque sorte, au cas où…. Je sais que cela peut être une responsabilité difficile à un moment ou un autre. J'ai été préparé au pire depuis ton malaise à l'hôpital qui a conduit le médecin des urgences à me dire que c'était peut-être une question d'heures pour toi. Peut-on m'en faire plus.

A l'institut de soins palliatifs J. G., les choses se sont mises en place, les soins sont apparemment efficaces et l'attention à ta personne me rassure au-delà de toute espérance. A nouveau les jours se passent durant lesquels nous trouvons une sorte d'équilibre, on organise les visites, les petits rites des soins s'établissent. L'attention des soignants et de leurs responsables sont indescriptibles de délicatesse. Cela a endormi ma vigilance.

Une interrogation survient, relayée par les médecins de l'hôpital. N'en fait-on pas trop ? Les doses de médicaments sont-elles bien de confort ou maintiennent – elles la situation artificiellement ? Le doute vient.

J'ai demandé à parler au médecin de l'étage qui te suit, pour lui poser une question qui me dévore et m'écrase suffisamment pour me faire perdre mes moyens.

Je commence par expliquer au médecin combien, dès l'accueil dans l'établissement, ta prise en charge m'apparaît d'un grand respect et l'absence de critique de ma part.

Mais j'ai un doute en tant que ton référent sur la portée réelle des soins. Y-a-t-il une forme d'acharnement, qui serait contre ta volonté, dont je suis en quelque sorte le garant pour toi ?

Comme cela me coûte de poser une telle question. Je ne veux pas te voir partir et je sais que cela s'approche ; mais on doit respecter ta volonté, qui est parfaitement légale : on ne peut poursuivre des soins contre la volonté du patient qui l'a exprimé clairement !

Cela, tu ne l'as pas vu. Seul le médecin m'en est d'ailleurs témoin. C'était à moi de le faire. Pardon. Je veux te dire que cela est arrivé, que ta volonté a été vérifiée, qu'on n'en a pas trop fait. Juste ce qui permettait que les choses se passent bien pour toi, si on peut dire.

LE TEMPS CHANGE DE RYTHME

A partir de ce moment le temps ne s'écoule plus comme d'habitude. C'est comme si le mécanisme de la pendule s'est ralenti d'un facteur cent ou mille, je ne sais. Plus rien n'a d'importance en dehors de ce qui se passe dans ta chambre. Je suis tout à toi. C'est la même chose pour M-B, qui s'est mise en arrêt pour assistance à un proche. Sans elle, je ne tiendrais pas fort. Nous nous relayons auprès de toi, jour et nuit.

La vie est rythmée par les appels au téléphone : puis-je venir tel jour telle heure ?..., par les visites et par les soins : une toilette, des massages, les perfusions... On essaie de se nourrir, boire un café... J'ai dû admettre que, toi, tu ne l'étais plus. Temps d'attente.

Le temps n'est pas immobile, mais presque. Le cerveau fonctionne lui à vive allure : les choses à faire, les choses à préparer, l'attention au rythme de ta respiration. Le temps est réglé sur le rythme de ta respiration, lente, puis plus tard sur le temps entre deux arythmies de ta respiration.

POUR TA DELIVRANCE

Ce rythme ne nous empêche pas de voir que tu faiblis de plus en plus. Tu es si lasse. Tu ne te nourris plus, tu ne bouges plus, tu ne parles pas et bientôt plus du tout. Ton regard s'anime de temps en temps, puis tu es comateuse. Puis les marques de ton dépérissement commencent à se voir sur ta peau ; cela marque comme un gong dans ma tête, me terrifie. Ce n'est pas moi qui compte, ce qui me terrifie c'est ce que tu dois souffrir. Ta respiration est très lente dans ta bouche si sèche. La nuit si on s'assoupit, on est réveillé par tes poses respiratoires fréquentes et à chaque fois alarmante.

Tu te dégrades à vue d'œil. Cette situation ne va pas durer des mois c'est maintenant évident, mais tu sembles t'accrocher.

J'ai avec peine commencé à me dire que cela n'avait plus aucun sens. Tu n'en as pas été témoin bien sûr, mais j'ai commencé à prier pour ta délivrance :

> *Quelle arrête de souffrir Seigneur !*
>
> *Elle a trop souffert dans sa vie : son historie l'a fait souffrir, la maladie de ses enfants et son inquiétude pour eux, maladie ou pas, sa souffrance psychologique, qui a tellement perturbé notre vie de couple par moment, sa souffrance physique maintenant.*

Seigneur cela suffit ! Délivrez-la. Je ne veux pas la voir partir. Délivrez-la !

Puis j'ai dit à quelques personnes qui savent prier qu'on pouvait prier pour cela, pour sa délivrance. Cela faisait bien longtemps que tu ne lisais plus les courriels, tu ne pouvais être témoin de cet acte très lourd pour ton homme, mais je l'ai fait. Pour toi. Pardon.

Mais ce n'est pas tout.

TU PEUX T'ENVOLER, VAS-Y !

Le crois-tu ? T'en souviens-tu ? Il a fallu que je t'aide aussi à partir, à t'envoler ! Voilà des actes improbables, haïs par nature, mais qu'on fait quand même. L'amour peut tout.

Le médecin m'a dit qu'on n'a pas encore vu apparaître des signes physiques qui présagent généralement du grand départ, que tu sembles t'accrocher. On a souvent des choses ou des personnes qui nous retiennent.

Ce médecin avec délicatesse m'indique que, sans qu'on puisse l'expliquer scientifiquement, il est fréquent chez les mourants, qu'un événement ou une personne soit attendue, et cela retient le malade, qui ne peut être délivré. On peut, malgré le coma apparent, lui parler pour l'aider à se délivrer. Je peux très bien ne rien faire, mais je peux aussi te parler des choses qui te retiennent pour te rassurer sur la suite, la suite après ton départ.

J'ai dit - de cela non plus tu n'as pas été témoin - que je le ferais, que j'avais une idée de ce qui te retiens. Une idée, car je ne peux être présomptueux au point de penser que je le sais.

Alors, tout près de toi, je t'ai parlé, te souviens-tu ? Je t'ai dit :

> *Ma petite femme, tu as tant souffert, tu peux te délivrer maintenant.*
>
> *Je sais que tu as besoin d'être rassurée, mais je m'occuperai du mieux possible de nos enfants.*
>
> *Nous nous sommes tout pardonné. Tout est effacé. Je t'aime.*
>
> *Tu peux d'envoler vers le ciel, tu peux te délivrer. Tu en as le droit maintenant. Fais-moi confiance pour la suite.*
>
> *Tu vas veiller sur nous autrement, près de Dieu. Vas-y, lâche prise.*

Le lendemain nous avons bien vu que tu m'avais entendu, tu t'es dégradée physiquement si vite !

Ton souffle est devenu si faible. Jusqu'au dernier souffle.

Ca s'est passé comme cela ma petite femme. Pardon.

Je ne pouvais pas garder cela pour moi, je voulais te raconter ces moments. Je ne sais pas ce que tu en penses. Moi je me dis que ce sont des actes impensables, mais qu'on fait par amour. C'est tout.

DERNIER SOUFFLE

Pendant tout ce temps où l'échéance de ton départ se profilait, ton souffle est progressivement devenu plus difficile, plus sec, plus arythmique.

La nuit c'est ce qui nous réveillait quand on sombrait, on comptait : un deux trois....dix, quinze seconde ou vingt. Là aussi tu nous préparais.

Ton souffle est devenu d'une faiblesse ! Puis tu as cessé de respirer, comme cela, sans bouger ; tes muscles n'ont pas pu relancer une respiration encore. Le dernier souffle, c'est ce moment de l'absence de nouveau souffle. On sait que c'est trop long que cela ne peut plus repartir. Dans une paix que j'avais rêvée pour toi.

PRESENTATION

Ta jupe grise décorée de franges bariolées notamment de rouge, des bas sombres, un corsage et ta veste orange. Parée pour l'éternité, dans des couleurs gaies, modernes comme tu les aimes.

On nous a dit pas de bijoux, qu'on pourra te mettre plus tard. Je ne retrouve pas ton alliance de toutes les façons. Heureusement j'ai remis la main sur ton alliance en brillants, pour le moment où tu disparaîtras de notre vue définitivement. Un collier aussi avec des pierres serties dans du métal, un long collier, comme tu les aimais. Et puis un foulard affriolant, à ta manière.

Déjà on te prépare, pour Te présenter à celles et ceux qui le voudront. Je prépare la feuille, je chanterai. Que c'est dur ! On est porté par l'espérance ? Oui bon ! Mais là ce n'est pas une idée une foi, c'est là dans notre vie. Je répartis les charges, puis nous commençons :

Comme un souffle fragile, ta parole se donne,

Comme un vase d'argile, ton amour nous façonne

Ce chant m'est venu spontanément pour préparer les « présentations ». Personne ne peut organiser ce moment où on peut te dire au revoir, à part moi. On fera une présentation pour la famille, une pour les amis, puis une pour celles et ceux qui n'ont pas pu venir aux deux premières.

...Vois que mon chemin de soit fatal, conduis-moi sur le chemin d'éternité

Le psaume 139 est préparé depuis déjà un certain temps pour toi, nous allons le dire à chaque fois. Et puis nous te confions à Marie.

On peut te dire au revoir, t'embrasser. Ton corps est froid. Tu es belle. En fait, je vais te dire quatre fois au revoir comme cela, car à la levée du corps, c'est l'expression consacrée, nous serons en plus petit comité, mais on fera de ce moment un moment de prière.

Comme un souffle fragile, ta parole se donne,

Comme un vase d'argile, ton amour nous façonne

« Comme une biche se tourne vers le cours d'eau, ainsi mon âme se tourne vers toi mon Dieu...(Ps. 42).

Je donne le signal. On peut fermer ton cercueil. Je t'accompagne jusqu'à la chambre mortuaire près du Père Lachaise, où je viendrai te reprendre pour aller à l'église.

On commence là à faire son deuil, mais il va me falloir un siècle.

9- Dire une esperance

Il n'a pas suffi que ton courage, ta sérénité, ta force soient éblouissants jusqu'à la fin de ta vie, dans ton dernier souffle, Tu nous as préparé. Tu m'as préparé.

Oh, au début, je peux te dire que cela a été « raide » pour moi. Ta question au médecin d'abord : j'en ai pour combien de temps ? Ta capacité à pardonner et à demander pardon ! Puis tu m'as entrepris sur tes obsèques, le soir à la maison après le diner, pendant une semaine ! Puis tu es devenue de plus en plus silencieuse à J.G.. Tu m'as préparé en douceur.

Tu m'as libéré aussi pour préparer la suite. J'ai eu le temps de méditer sur les textes possibles, sur les chants, sur la manière de faire part, le moment venu, de ton départ pour le ciel, en disant notre espérance.

Tu as tenté de me donner des indications plus précises encore et j'en ai saisi un thème « le chemin escarpé ». Oui nous sommes en chemin et ce chemin ne s'arrête pas le jour de la mort, ce sera la trame de tout ce qui suit. Je n'aurai qu'à broder sur tes indications. Le faire-part, la petite image que tu as imaginé distribuer le jour de la célébration de tes obsèques, les textes : « *Quitte ta robe de tristesse et de misère revêt pour toujours la beauté de la gloire de Dieu* » ; « *Seigneur, donne-moi cette eau, afin que je n'aie plus soif et ne vienne plus ici pour puiser...* » ; « *Guide-moi sur les chemins d'éternité* ».

Nous avons voulu ensemble donner un sens à ce moment où on te dit adieu ; nous avons voulu dire une espérance.

Oh ! Je sais les psychologues n'y connaissent rien, ils vont me dire que c'est très bien pour faire votre deuil, c'est vous que vous rassurez. Evidemment !

Mais ce n'est pas cela, j'ai voulu dire mon espérance, ma petite femme. Je sais que tu es auprès du Seigneur. Le célébrant l'a dit : « Marie-Catherine ne souhaite pas que nous soyons tristes, car en faisant ce grand passage, elle savait qu'elle passait de la mort à la vie et que le chemin de son existence allait se poursuivre autrement, avec le visage d'éternité qui est devenu le sien. »

La célébration a été le signe de cela. D'abord par tous ceux qui sont venus, si nombreux en ton honneur. C'était le signe de ces chaînes d'amour, d'amitié, de solidarité, de prière. Toute l'aide reçue, tout l'attachement à ta personne - et aussi à la mienne - sont présents.

On a porté tes foulards et on en a couvert ton cercueil ma belle ; on a distribué une image avec notre famille toute entière, sur le chemin.

Il a bien fallu se transporter au cimetière. Une petite joie a été de jeter sur ton cercueil des pétales de roses, pour la beauté. J'avais préparé, sur un conseil avisé, pour donner le signal du départ, deux pairs de tourterelles. Les enfants les ont lâchées. Elles ont pris leur envol, l'une d'elles a encore virevolté auprès de nous puis s'est échappée. C'est le symbole de ton envol vers le ciel. Tu n'es plus visible à nos yeux. C'est aussi comme une manifestation de l'Esprit, présent à nos vies. Elles se sont envolées par paire.

Tu es inhumée, nous en avions parlé ensemble, dans le cimetière du village où nous nous sommes mariés. Quand je me tiens près de ta tombe, je peux apercevoir – tu peux apercevoir – le poirier sous lequel nous nous sommes unis il y a trente trois ans. Avec tant de difficultés rencontrées, nous restons fidèles l'un à l'autre ; nous tenons bon. L'amour c'est aussi cela : tenir dans la tempête.

J'ai remis la main justement sur la feuille de messe de notre mariage, que tes parents avaient conservée précieusement. Le chant : « *Toi qui aime ceux qui s'aiment car tu es l'amour...* ». Pas de doute, cela continue, tu es là. Mais tu n'es plus là.

Je l'ai dit, tu es allée au ciel comme une fusée.

10 – LA VIE C'EST CELA, ON AVANCE

Je ne fanfaronne pas, la douleur cela existe ; elle est là, présente. Cette accompagnante à l'institut J. G. m'a dit : « vous avez la foi, ce n'est pas pareil pour vous ». Je ne lui en veux pas du tout, mais elle se goure, je le lui ai dit d'ailleurs. On est tous pareil au contraire. La foi et l'espérance n'effacent pas la douleur. Elle remonte par bouffées, pourquoi le nier.

En amour, l'éloignement est toujours une déchirure ; j'ai exhumé un vieux poème, notre amour avait un an et tu étais loin :

C'est un jour sans soleil,
C'est un jour sans joie.
Et me prend le sommeil
Où je rêve de toi.

Je repense à tes mains,
Je repense à nos cœurs ;
Je voudrais être nain
Observer ton bonheur.
Je voudrais te sentir,
Je voudrais te toucher ;
J'ai envie de courir,

Et puis de t'enlever.
Mais je te dis je t'aime
Et ne fais que rêver ;
Que tu me dis je t'aime
Et me donne un baiser.

Aujourd'hui tu es loin,
Je ne peux te parler.
Je t'observe de loin
Et je te vois marcher.
Le manteau que tu portes,
Je voudrais être lui.
Le bon pain qu'on t'apporte,
Je voudrais être lui.
Je voudrais être chaise,
Que tu t'assois sur moi.
Je voudrais être lit
Que tu te plonge en moi.

Mais tu es loin de moi,
Et je ne peux t'aimer
Qu'en écoutant ta voix
Dans ma tête tourner.
Qu'en revoyant tes yeux

Dans les miens se plonger.
Qu'en reprenant ta taille
Mais cette fois en pensée.
Qu'en criant au dehors
Je l'aime, je veux l'aimer.
Qu'en attendant sans cesse
Notre nouveau baiser.

C'est pourquoi aujourd'hui
Est un jour sans soleil,
Est un jour sans joie ;
Et me prend le sommeil où je rêve de toi…

Cependant nous sommes vivants et nous avons des choses à accomplir, même si c'est dur.

Tu as souhaité que je distribue, comme tu as commencé de le faire toi-même, des foulards à tes amis notamment. J'en ai distribué. J'ai fait des changements à la maison, assez limités mais suffisants pour m'obliger à ouvrir les armoires. Je ne pouvais pas laisser manger tes vêtements par les mites. J'ai trié. Je ne voulais aucune aide pour cela. Des valises de vêtements ont pu être distribuées à Emmaüs. J'ai conservé cependant plein de choses : des manteaux, des chemisiers, ton peignoir chinois, j'ai rangé les foulards restant, tes bijoux. Sentiment étrange. Je ne peux me séparer de tout cela, un peu comme si on me demandait d'effacer les photos dont je dispose qui te représentent. Ta présence n'est pas dans ces objets, mais c'est comme un témoignage de ta présence, c'est un peu de toi, j'y tiens.

Tu as eu juste le temps de soutenir ton mémoire de fin d'études de conseillère familiale et conjugale. Tes amies, de nos amis, la famille, sachant le thème traité aussi, m'ont demandé une copie de ton mémoire.

J'ai dit que je le mettrais à leur disposition, mais selon mes voies. Je voulais protéger le document et permettre aussi qu'il soit utile à ceux qui font profession de conseillers conjugaux ou qui sont concernés par le handicap. Il fallait donc l'éditer. Je l'ai fait par un dispositif internet. Reçois cela comme un hommage de ton mari, car je suis fier de toi. Tu as traité avec distance un sujet si proche de nous ; il est référencé sur la toile désormais et est accessible pour toute personne intéressée non seulement par tes travaux mais aussi au thème traité, même si on ne la connait pas ! On m'a rapporté qu'une conseillère de Grenoble disait récemment, en réunion de professionnels, qu'elle recommandait de le lire. Reconnaissance professionnelle qui me remplit de joie. Je suis fier de toi. Je sais je ne te l'ai pas assez dit, mais c'est vrai.

La vie a repris ses droits, le travail aussi, et je n'en manque pas. Mais j'ai besoin de ton aide, ma bienaimée. Je n'ai jamais connu de tels moments de vide, même de panique certains soirs. Je ne me fais pas à la vie sans toi. D'ailleurs, je ne souhaite pas m'y faire. Je suis à toi. Aide-moi simplement à supporter cette nouvelle vie. C'est difficile de se disputer tout le temps, mais je préférais cela à la perte d'une moitié de moi-même.

Quand je prie par l'intermédiaire de Marie, je lui dis de courir vers toi et te consoler, t'entourer. Mais tu es maintenant tout près du Seigneur. Tu as commencé d'intercéder pour nous de veiller autrement sur nous.

L'amour suppose la liberté, c'est pour cela que Dieu nous a fait comme nous sommes, limités mais libres. Nos limites aboutissent à la mort inéluctablement. C'est une grande épreuve ! Etait-ce vraiment si nécessaire ? Après tout on aime les enfants qu'on engendre sans qu'on leur ait laissé le choix de naître !

Tu sais le jour de ton inhumation, j'ai parlé de toi, avec un long texte. Ton père a cru que je n'arriverais pas à le prononcer, d'ailleurs je me suis entrainé car je n'en étais pas sûr non plus. Aucune phrase n'est définitive, les phrases sont toujours un résumé, plus ou moins complet. Parlant de toi, j'ai dit – et je n'en retire rien :

« J'emploie ici le présent de l'indicatif, ce n'est pas l'effet d'une erreur de grammaire, c'est une espérance.

Marie-Catherine a accumulé une somme de souffrances non seulement dans sa chair mais aussi dans son cœur tout au long de son histoire sur la Terre et jusque dans la maladie. Elle ne s'est jamais sentie au calme, jusqu'à l'approche du grand passage, où elle est apparue en paix. Soyons sûrs que cette souffrance a constitué un stock de carburant qui l'a propulsée directement au ciel, sans étapes. Elle est auprès de Dieu.

Elle a consacré sa vie à son foyer et à ses enfants. Cela n'est pas souvent reconnu par la société et elle en a souffert ; mais elle en a pourtant fait un métier avec combien de compétences, sa vie avec combien de renoncements, son chemin avec combien d'inquiétudes. Elle ne va pas nous lâcher là-haut auprès du Seigneur. D'ailleurs ils vont vite voir qu'avec elle ça déménage !

Car chez elle pas de demi-mesure, pas de faux semblant, pas d'à moitié, au point de ne pas toujours accepter les limites de la nature humaine. Au Ciel, elle trouve déjà sa pleine mesure.

Chez elle, point d'abandon, toujours sur la brèche, notamment pour sa famille. Son chemin est celui de la recherche permanente de maîtrise, d'où une certaine insatisfaction permanente. C'est seulement la maladie qui l'a conduite à l'abandon et elle a reçu une grâce de paix devant le grand passage. Tout le reste de son chemin est un chemin escarpé et difficile.

Sans chercher à enjoliver la réalité, on pourrait caractériser Marie-Catherine par plusieurs traits dont nous pouvons conserver la mémoire et que nous pouvons même imiter.

Elle est entière. Une mesure entière ou rien, pour elle. Elle aime ou elle n'aime pas. Elle est d'accord ou non. On sait à quoi s'en tenir. Hypocrisie : connaît pas. Elle est « cash » comme on dit. Dès son plus jeune âge, elle dit la vérité qu'on ne lui demandait pas à la pauvre Mme B. en la regardant dans les yeux : « mon papa y t'aime pas ».

Elle est directe. Pas de détours. Pour vous dire ce qu'elle pense, même sur vous. Au risque de quelques éclairs et éclats de voix dans les relations humaines y compris dans sa famille et dans son foyer. Dans les lieux feutrés elle ne peut être à l'aise. On s'est connus à la fac où s'adressant au chevelu-barbu portant une croix que j'étais, elle dit « c'est pour faire beau ta croix ou tu y crois ? Je cherche un chef pour une meute de louveteaux ! » On ne s'est plus quittés et on est mariés depuis plus de 33 ans et avons trois enfants, qui sont maintenant adultes.

Son expression est toujours très claire et directe, parfois trop. Dès son jeune âge - ses parents l'attestent - lui fût décerné un prix d'élocution rapide. Ca ne s'invente pas et c'est resté vrai. Elocution rapide, directe. Elle est tout en verbe.

Elle est intelligente. C'est vrai des personnes, qu'elle jauge assez vite. Et des domaines intellectuels, plutôt dans les sciences humaines, mais sans avoir perdu les bons réflexes dans les sciences naturelles. Sa mémoire est parfois agaçante de précision, pour les autres, y compris dans des détails d'une finesse extrême.

Elle est compétente. Pour la santé de ses enfants, les médecins m'ont dit qu'elle leur avait appris beaucoup. Elle s'est mise en capacité de parler d'égal à égal avec les médecins et même de les challenger. Au point de les irriter de temps en temps, car on ne pouvait pas lui raconter n'importe quoi : pourquoi ce traitement n'est pas mis en œuvre, quels risques d'interaction là... Ils s'en souviennent avec de l'admiration, ils me l'ont dit.

Dans sa formation de conseillère à Couples et Familles, on l'a vu suivre sa formation avec un investissement sans pareil, dans l'engagement personnel nécessaire, dans les lectures et les recherches de fond, dans les nombreux entretiens qu'elle a fait, dans son mémoire, qu'elle n'a pas choisi facile au regard de sa propre histoire et qu'elle a soutenu alors que la maladie revenait la chercher. Très sérieuse dans ses engagements, elle ne lâche pas. Elle a été un moteur pour le groupe, confie une formatrice, capable de se dire et ainsi d'amener les autres à se dire.

Prise un jour en manque de compétences, elle s'est mise à l'informatique, elle n'a pas laissé cela sur le bord de la route. C'est elle qui installait les réseaux à la maison, elle a appris à se servir du pack office puis, dans l'association AEPCR, dont elle est vice présidente, a développé ses compétences pour structurer les fichiers sous un outil numérique file maker, en profitant pour apprendre les bases de la comptabilité générale et la confection redoutable des fiches de paye et des obligations sociales des employeurs.

Elle est excessive. Un jour, alors au sein de l'association ARE, que les paroissiens connaissent bien et qui s'occupait de réfugiés, à une famille manquant de tout, elle donne un manteau de fourrure magnifique venant d'Iran. Son père, qui lui avait offert, s'en souvient encore.

Elle est belle. Pas cette sorte d'intellectuelle qui néglige l'apparence. Elle est belle et sait se mettre en beauté. C'est une femme aux foulards, parfumée et c'est comme cela qu'on l'aime. Les quelques images présentées ici n'en sont qu'une pâle figure.

Elle n'est jamais satisfaite. Sa vie sur terre est faite d'une inquiétude permanente, d'une absence de lâché prise. Cela a pu être une torture pour elle parfois, une souffrance sûrement, mais c'est aussi son carburant et son moteur. C'est elle, c'est son histoire. Alors que la maladie commençait de l'assommer, mais pas encore au point de l'empêcher de s'exprimer, chaque soir, durant l'hospitalisation à domicile notamment, elle m'entretenait de la préparation de ses obsèques : le thème du chemin escarpé, le lieu de son inhumation, les choses à faire avant, les personnes à voir, les choses qui sont à faire pour ses enfants. A la fois les grands axes et certains détails ; je n'ai eu ensuite qu'à broder là-dessus. Sans doute involontairement elle me préparait aussi un peu...

Elle aime totalement. Son mari, ses enfants, sa famille, ses amis et collègues, sans détours, sans limites. Si elle n'aime pas c'est d'ailleurs un peu pareil. Difficile de voir partir ses enfants, même simplement pour un séjour de vacances, sans avoir des signes de vie, qu'ils soient majeurs ou pas. Difficile d'admettre le temps passé au dehors pour travailler de son mari et ses arrivées parfois tardives, qu'elle conteste avec vigueur. Les retards sont pour elle une torture. Ses relations avec ses proches peuvent en être violents par les mots et les réactions : avec ses parents, ses sœurs, ses enfants, son mari. Mais, m'a dit notre fille, j'ai découvert la beauté de son âme, que ses rudesses parfois masquent, mais qu'elle ne parvient pas à cacher, pas de doute.

Son rapport au temps a toujours été complexe. Difficile pour elle de s'arrêter à l'instant présent. Souvent à relire le passé, toujours à regarder la perspective du futur. De quoi parfois s'interroger sur son réalisme. Le curseur de son réalisme est peut-être tout simplement beaucoup plus exigent que le nôtre. « Tu avances, c'est ça la vie » a-t-elle dit à une visiteuse à la Maison J G. Elle nous devance.

De Marie-Catherine conservons l'image d'une femme belle, de cœur, pas ordinaire, intelligente, engagée, aimante, excessive, toujours sur la brèche, devant. »

*   *
*

Avec mes angoisses, avec la peine, avec foi, avec toi, j'ai repris le cours de la vie.

Saint Augustin (sermon 169) dit : « *Ainsi, tout tendu en avant, je ne suis pas encore arrivé. Si donc toi aussi tu marches tout tendu en avant, pensant aux choses à venir, oublie le chemin parcouru, ne regarde pas en arrière pour ne pas rester là où tes regards s'arrêtent... Nous sommes encore des voyageurs, nous sommes en marche. Tu me demandes : en marche, mais comment ? Je réponds par ce seul mot : avance ! Avance, de peur que, ne comprenant pas, tu ne ralentisses ta marche...* »

Je ne comprends ni n'accepte ce qui arrive, mais j'avance. Ce texte que je t'adresse ma belle, comme une lettre d'amour, c'est aussi un pas.

Krys

Paris le 20 août 2013

Table

1 - Métastases..
Se rendre à l'évidence..

2 - On t'assomme..
Pourquoi t'assomme-t-on ainsi ?.................................
Pourquoi je laisse faire ?...
Radicalité...
Pas d'autre choix que l'abandon................................
Je suis là..

3 - Pas d'espoir...

4 - A l'aide..
Une nouvelle année...
Une orientation nouvelle de la maladie....................
Un tournant dans ta maladie....................................

5 - Tenir, redire oui

6 - Un cadeau inestimable : pardon..........................

7 – Palliatifs..
A l'institut J.G..
Délivrée, tu es en paix..

8 – Des choix difficiles par amour...
Départ pour un institut de soins palliatifs..
Pas d'acharnement..
Le temps change de rythme...
Pour ta délivrance...
Tu peux t'envoler, vas-y !..
Dernier souffle...
Présentation..

9 – Dire une espérance..

10 – La vie c'est cela, on avance..

La première édition a été réalisée le 3 janvier 2014 à titre privé.

La présente est rendue publique.

A mes enfants, mes parents, mes amis…

A toi, ma belle.